Desculpem, sou novo aqui

Carlos Moraes

Desculpem, sou novo aqui

EDITORA RECORD
RIO DE JANEIRO • SÃO PAULO

2009

CIP-Brasil. Catalogação-na-fonte
Sindicato Nacional dos Editores de Livros, RJ.

M818d Moraes, Carlos
Desculpem, sou novo aqui / Carlos Moraes. –
Rio de Janeiro: Record, 2009.

ISBN 978-85-01-08319-7

1. Romance brasileiro. I. Título.

08-5121
CDD – 869.93
CDU – 821.134.3(81)-3

Capa: Rodrigo Rodrigues

EDITORA RECORD LTDA.
Rua Argentina 171 – Rio de Janeiro, RJ – 20921-380 – Tel.: 2585-2000

Impresso no Brasil

ISBN 978-85-01-08319-7

PEDIDOS PELO REEMBOLSO POSTAL
Caixa Postal 23.052
Rio de Janeiro, RJ – 20922-970

EDITORA AFILIADA

Para São Paulo,
com carinho,
para os que
recomeçam,
com respeito,
e para Beth,
por tudo o mais

Durante teu sono fui visitar
o mundo,
fui borboleta entre teu hálito
e a respiração de Deus.

ARMINDO TREVISAN
em *A Mesa do Silêncio*

Memória é tudo aquilo que nos
parece que aconteceu.

Marçal Aquino

1.

E QUANDO O ÔNIBUS COMEÇOU A ENTRAR ENFIM NA cidade de São Paulo, da barriga me foi subindo aquela dorzinha fina e morna, dessas que a gente não sabe se é puro medo ou já um princípio de tesão, embora essa palavra eu fosse pronunciar sem culpa só uns bons meses depois. Eu era um frangote novo, crista curta e meia pua, quando não sei por que lua me deu bandear de querência. Os versos do poeta gaúcho Aparício Silva Rillo me vinham à cabeça como uma bóia na correnteza. Ou como um mantra bagual contra a vida incerta que me esperava no fim daquele interminável corredor de luzes?

Quilômetros antes, o sujeito de óculos escuros e cara de matador goiano que vinha ao meu lado saiu de um mutismo de mais de 20 horas para dizer, apontando uma placa à beira da estrada:

— São Paulo... Essa placa tá errada.

— E como devia dizer?

— São Paulo: foda-se.

Mas chovia um pouco e a cidade nos recebeu com uma certa inocência de madrugada, luzinhas se refletindo nas poças d'água, algumas ainda coloridas do Natal recente. Os primeiros transeuntes se esgueiravam numa pressa cúmplice, sigilosa, como se só eles, durante a noite, tivessem sido avisados. Avisados de quê?

O ônibus foi subindo o que devia ser a avenida Rebouças, perdeu-se num labirinto de ruinhas mixas, entrou pela Duque de Caxias e foi dar numa rodoviária que, à primeira vista, não era muito diferente nem muito maior que a de Dom Pedrito, aonde todos os fins de semana eu ia ajudar um colega padre. Eu já ia me perguntando se, na prática, São Paulo não passa de um monte de Dom Pedritos reunidas, quando fui prontamente impedido pelas últimas instruções dos meus três mentores gaúchos acerca da minha nova vida: Faiéco, o advogado que me tirou da cadeia; primo Poty, gaúcho praticante, e mais o nosso ligeirinho primo José, vereador da Arena. Essa idéia de São Paulo como uma Dom Pedrito expandida batia de frente, por exemplo, contra as recomendações do primo José. Segundo o secretário municipal da Arena, a primeira coisa que eu devia fazer ao ir para São Paulo era deixar o padre na estrada, assumir sem mais as regras de uma nova vida, que o mundo é assim mesmo, o que que se vai fazer. Para meu espanto chegou a citar até um trecho do Eclesiastes, capítulo 7, versículo 16, que diz que a gente não deve ser mais justo nem mais sábio que o necessário para que por besta não venha a passar. Então vê se perde, ele acrescentou, essa mania de querer ser cristão na hora errada. E vê se casa, concluiu, com uma mulher sem maiores literaturas, de preferência uma japonesa, que lá tem bastante.

Assim, desse jeito. Com palavras mais delicadas, Faiéco e primo Poty também insistiram em que eu agora devia ver a vida com mais realismo. Que as coisas, infelizmente, são o que são, nem tudo precisa, o tempo inteiro, funcionar como um sinal ou um chamado. Na prática, os três pareciam achar que trinta e poucos anos de vida, 12 de seminário, oito de padre e mais uns nove meses de cadeia não tinham me preparado para grande coisa neste mundo aqui fora.

Assim que agora, ali na fila do táxi e de olho na mala, eu já tentava ser o mais realista possível. Deviam ser umas quatro da madrugada e seria, por exemplo, o cúmulo do idealismo aparecer assim sem mais na casa paroquial do Luís Remígio, o amigo padre que me oferecera uma espécie de asilo político até que eu, como disse na carta, "me amansasse um pouco com a cidade". Luís Remígio, meu colega de seminário no curso de teologia, é um sujeito de um bom humor ininterrupto, às vezes ininterrupto demais para o meu gosto, mas às quatro da manhã nunca se sabe. Então pedi ao homem do táxi que me indicasse um hotel não muito longe nem muito caro. Ele me deixou na porta de um certo Hotel Montecarlo, numa das muitas transversais de um viaduto sem fim chamado Minhocão. Na portaria, um mulatinho sonolento e duas senhoras tristemente pintadas me olharam como quem pergunta: *e esse?* O quarto era modesto, mas o longo banho no chuveiro incerto funcionou como uma redenção.

Depois, no escuro e quase dormindo, fiquei um pouco relembrando as ordens e advertências dos meus três mestres pampeanos. Agora, cara, é viver. Sem grandes filosofias nem maiores teologias, viver. De peito aberto experimentar-se cada dia, longe do rígido e temeroso script da Igreja, longe de todas as ditaduras, da federal lá em cima e também daquela outra não menos terrível, a municipal, que é o vil controle cotidiano da vida. Nesses páramos navegava quando, no quarto ao lado, uma voz de mulher berrou no silêncio:

— Caaalma, bem! Eu não sou máquina!

Alguma coisa nesse grito buliu com meu sono apesar do extremo cansaço espiritual e ósseo. Fiquei um bom tempo me rolando na cama. Aí da padaria lá embaixo vinha um cheiro de café tão forte e humano que achei melhor me vestir e tomar um, digamos, primeiro contato com meu novo mundo.

Deviam ser umas sete horas e a vida na padaria já corria solta. Junto ao balcão fiquei praticando o que meus três mentores mais me recomendaram: observar, observar sem pressa, que touro em pago alheio é vaca, primo Poty ainda me disse. E a primeira coisa que observei é que as pessoas ali se mostravam curiosamente animadas, radiantes mesmo para uma segunda-feira de manhã. E parece que todos se conheciam sinceramente de vista. Quem chegava ia logo perguntando, como num ritual, ao pardinho magro do café:

— E aí, corinthiano?

— Viu o teu time ontem?

Ele já nem reagia.

Meu café com pão e manteiga foi outra pequena redenção. Ah, como me senti reconfortado por este primeiro café no meu novo mundo, em meio a todo aquele otimismo de padaria. E contente com minhas primeiras observações. Ainda não sei direito como é a vida nesta cidade, pensei, mas uma coisa é certa: boa parte dela gira em torno do Corinthians. Descobri também que, ao contrário dos bares, em geral tão estridentes de teses, confissões e salvações, a padaria por aqui é um lugar onde as pessoas parece que ficam felizes por simplesmente se encontrar e se reconhecer. O clima geral é tão de recomeço como aquele nosso primeiro chimarrão matinal lá na cadeia.

Bom, qualquer coisa tenho as padarias, pensei. Essa fartura de pães, doces, cheiros e boa vontade. Foi quando, lá do fundo dos pampas, um dos meus mentores, nem deu para ver qual era, emergiu meio possesso. Qual é, cara, já começou? Filosofia de boteco tudo bem, mas teologia de padaria? Acho que esse era o sensato do Faiéco. Que nem precisava berrar tanto. Logo na saída da padaria a manchete de um jornal me trouxe de volta à dura realidade deste mundo. A manchete dizia o seguinte: PADRE CAI DURO NA LUA-DE-MEL.

Sofregamente comprei o jornal, *Notícias Populares*, em chamas subi as escadas do hotel, no corredor ainda tive que atravessar um rio de papel higiênico, que uma senhora gorda penosamente varria, e enfim lá dentro, fechada a porta, apoiado na cama, li. A notícia era menor que a manchete: no interior da Itália, um ex-padre já meio idoso e recém-casado sentiu-se mal durante o almoço num restaurante.

Ora pois, meus mestres tinham razão. Depois de tantos anos dentro de seminário e Igreja, ainda tenho muito que aprender neste mundo aqui de fora. No seminário os padres viviam dizendo: um dia no mundo lá fora... Mas não davam detalhes.

Larguei o jornal, abri a janela do quarto e vi que a cidade já era outra. Um turbilhão. Um turbilhão de carros, um turbilhão de gente, não sei donde saiu tanta, e mais a neurose das buzinas. Na porta de uma loja de calçados um baixinho enfezado, microfone em punho, berrava promoções. Na loja ao lado uma música caipira se lancinava toda numa pungência fora de hora. Um cheiro de pólvora empestava os ares. Apitos invisíveis tentavam contornar o caos.

Meu Deus, pensei da janela. Lá fora é aqui. E como ribomba.

2.

DEVO TER DORMIDO BEM UMAS DEZ HORAS. ACORDEI já de tardezita na mais completa desorientação. O quarto do hotel se me afigurava uma câmara mortuária egípcia, em vão eu tentava reencontrar meu lugar no Universo, o pouco de mim que me ocorria era como um filme meio fora de foco. Onde estou, quem sou, como é que eu vim parar aqui? Certas perguntas são luxos a que, em certos momentos, a gente não pode se dar. No primeiro filme que vi na vida o Gordo e o Magro penosamente aparecem construindo uma casa de madeira que, mal fica pronta, chega um passarinho, pousa na chaminé e tudo vem abaixo. Ali quieto no escuro, me sentia mais ou menos como essa casa e vagamente procurava evitar o passarinho de um pensamento mais realista. Então simplesmente me deixei ficar na cama como quem se abandona na correnteza de um rio ou no colo de uma tia primordial. Ah, se o pessoal da paróquia me visse assim estatelado nessa cama de hotel barato. Me perguntando se um ser humano pode se considerar completamente humano até a hora em que do fundo da alma pergunta — e agora, meu Deus, o que que vai ser de mim?

São Paulo continuava crepitando lá fora, agora mais longe um pouco. Não sei por que refração de luz as sombras dos carros atravessavam as frestas da janela e corriam como minúsculos duendes pela parede, agravando ainda mais aquele meu sentimento de irrealidade. Tateando ao lado da cama, dei com o pacote que envolvia meu crucifixo de ferro fundido e me pergunto se Jesus não é, principalmente, o nome do nosso desamparo mais fundo. Depois toquei também a sacola onde estava o pelego bem lanudo que primo Poty me dera na rodoviária, alegando que gaúcho gaudério sem pelego não pode viajar. Pelego é sempre uma garantia, o xiru ainda insistiu.

Não sei se pela força de Jesus ou do pelego, mas a certa altura consegui me arrastar até o chuveiro. Astros, signos e horóscopos são para essas horas. Eu, sagitariano, fogo puro, em águas renasço. Sob o chuveiro tentei, velho truque, relativizar um pouco o lado trágico da situação. No nascimento de uma religião ou de um império, matutei, tudo tende a ficar um pouco épico e para sempre: a caverna de uma primeira iluminação, a árvore de uma primeira prédica, o primeiro fiel ou a primeira aldeia convertida. Ri me perguntando como os primeiros eventos deste meu primeiro dia de São Paulo seriam um dia lembrados. O grito solitário da mulher que não era máquina, a padaria do primeiro café, a descoberta do Corinthians, a infausta lua-de-mel do padre em *Notícias Populares*... Puxa, pensei, ainda bem que não vim fundar nenhuma religião ou império.

Depois do banho, já mais pé no chão, ajeitei os mijados, como diria o primo Poty, na pequena mala, dei de mão no pelego e no crucifixo e fui encarar a paróquia do meu amigo Luís Remígio. Já era o começo da noite e o táxi desceu o que devia ser a Praça da Sé e embrenhou-se por bairros e baixios sem fim. A certa altura, o alto de um viaduto me pareceu uma duna num longo deserto de luzes. Tudo em volta bramia. O poeta Mario Quintana diz que se tu chama um dragão de Lulu, ele te segue como um cachorrinho. Mentalmente comecei a desfazer das rompâncias de São Paulo, feito o primo Poty, que um dia, nos confins da Argentina, proclamou: "Que são os Andes senão coxilhas mais reforçadas?" Mas foi aí que uma moto sem silenciador, vinda não sei donde, passou como um trovão como que por dentro do táxi. Acho que era Lulu rosnando de volta.

É, não vai ser fácil.

A casa paroquial do meu amigo ficava a meio quarteirão da igreja e a senhora que abriu a porta ficou bastante espantada ao me ver ali, de mala e pelego. Quando perguntei pelo padre Remígio, ela torceu as mãos, o avental e os olhos na mais sutil e completa coreografia da desolação. Por alguma meu amigo andava passando.

— Ele ainda está de férias, disse ela, mas o senhor pode esperar o vigário. Padre Melécio está para chegar. Entre, entre, por favor.

Fiquei ali plantado na penumbra de uma salinha cheia de móveis fúnebres. Me sentindo incômodo sem saber com o quê. Com a solidão daqueles móveis? Quem agüenta viver numa casa tão assim, penumbrosa? Um santo completo, um burocrata cumpridor, um solteirão esquisito? A Igreja, pensei, armou seu sacerdócio de tal forma que só tipos muito especiais conseguem sobreviver aqui, mas não necessariamente especiais no bom sentido. Isso me entristeceu bastante e pedi a Deus que esse pensamento não fosse justo.

Foi quando chegou o padre Melécio Peña, um espanhol de uns cinqüenta e poucos anos, pálido e agitado como um espanhol, simpático apesar da franjinha esvoaçando num princípio de calvície, os olhos um tanto saltados e a boca meio trêmula de um lado.

— O padre Luís — foi logo dizendo — prolongou suas férias para... pensar!

Nas reticências espalmou as duas mãos para o céu e fechou os olhos como se não quisesse nem... ouvir.

Acrescentou que padre Luís havia, sim, falado no seu amigo gaúcho. Se falou, padre Melécio foi muito gentil. Nada perguntou sobre minha vida passada ou presente. Ele ia da gentileza pura a silêncios repentinos, pontuados por um leve tique no olho direito e no canto da boca. Engraçado que da rua ele chegou de terno preto, colete preto com colarinho de padre e, em casa, vestiu a batina. Aquilo me incomodou um pouco. Nunca fui muito a favor da batina. Mas virar pijama?

Antes do jantar padre Melécio me convidou para conhecer sua coleção de crucifixos. Pobre Jesus: era um monte de crucifixos toscamente esparramados sem arte e sem graça, de um gesso triste ou madeira pobre, comerciais de doer. E muitos, centenas, eu jamais poderia imaginar tanta variedade no horror. Nem ousei mostrar o meu, o de ferro fundido onde a dor de Cristo como que se derrete, sincera, pontiaguda.

Durante o jantar, padre Melécio fez questão de ouvir educadamente a minha história. Falei dos meus anos de padre na fronteira gaúcha, das dificuldades com os militares por um sermão aqui, um programa de rádio ali, a formação do processo, o julgamento, a condenação unânime e a unânime absolvição no Superior Tribunal Militar de Brasília. Não senti clima para falar do que mais gostaria, dos meus bons companheiros de cadeia, Bagual, seu Noé, Nego Xando, Péca, Elza Soares, e do quanto, naquela época, aquele pobre presídio de fronteira andava cheio de filósofos e ladrões de ovelha.

Sempre gentil, padre Melécio me convenceu a dormir não na casa paroquial, que era pequena, mas lá em cima da igreja, num dos quartos em torno da abóbada, onde também ficava o sacristão-zelador. Ele próprio me conduziu até lá. Ao abrir o portãozinho de ferro que dava para o jardim da abóbada, vociferou de repente:

— Esta agora pode ser a sua igreja! Venha sempre cumprir aqui suas obrigações de cristão. Não se exima! Não se exima jamais!

Disse isso de dedo em riste e subitamente transtornado.

Mostrou meu quarto num corredor redondo que devia circundar a abóbada do altar lá embaixo. Disse que por ali, com dor no coração, trancafiara um monte de imagens de santos que, segundo a nova determinação da Igreja, não deviam mais infestar tanto os altares.

— Não concordo — encrespou-se de novo. — Não concordo! Mas não me eximo. Não me eximo! Cada um faça o que acha, eu não me eximo jamais.

O homem era um bronqueado completo com esse negócio de se eximir.

O quarto era pequeno, abafado. Na ida ao banheiro vi o tal sacristão-zelador, um gordinho todo de preto, camisa branca sem gola. Mal me cumprimentou. Meu Deus, já vi esse cara, já vi esse cara, pensava, com um pavor crescente. Já de luz apagada dei um pulo na cama: Peter Lorre!

O sacristão: Peter Lorre! A mesma carinha roliça de noviço do mal que Peter Lorre esbanja naquele filme de Fritz Lang, *O vampiro de Dusseldorf*. Tão parecido que instintivamente fui me certificar se a porta estava bem trancada.

De madrugada um telefone começa a tocar lá do outro lado da abóbada. O sacristão atende, pensei. Só pode. Nada, o maldito telefone insistia. Tétrico. No Juízo Final, que trombetas coisa nenhuma, vai ser um telefone na madrugada, cagaço maior não tem. No fim decidi ir atender, que contar com um vampiro em plena madrugada não é muito realista.

Fui como estava, de cuecas, sem camisa e pés descalços. Cheguei lá e, quando acendi a luz da sala, mal pude conter um grito de pavor. Eu estava cercado de imagens de santos por todos os lados. E de cuecas, inerme, desarmado. E os santos todos com uma cara de agora te pegamos. Me olhando furibundos, juro. Pode ter sido impressão, mas acho que vi São Francisco batendo nervoso o cajado no piso, Santo Antônio meio incômodo com o Menino nos braços, São Brás pronto para me soltar o cachorro, São Pedro sacudindo as chaves e São Sebastião bastante nervoso nas flechas. E outros que nem reconheci direito. No telefone uma voz de mulher queria saber algo sobre Santa Cecília para um trabalho escolar da filha. Mas aí eu me voltei e dei com um São Judas de machadinha na mão e um brilho estranho no olhar. Empurrei o telefone no gancho e me abalei aos trancos de volta ao quarto. A carinha roliça do Peter Lorre me olhando pela porta entreaberta foi apenas o cúmulo da humilhação.

Nunca me senti, juro, tão expulso da Igreja como naquela situação, de cuecas e cercado de santos.

No dia seguinte padre Peña não estava, me despedi dele com um bilhete o mais gentil possível. Tomei um táxi e não sabia para onde me dirigir. Pensei na padaria perto do hotel e pedi ao taxista que me levasse para aquela região. Depois de umas voltas, escolhi um hotel menos ambíguo, perto da Santa Casa. O dono várias vezes insistiu que seu hotel era familiar, meio especializado em atender parentes do interior dos pacientes da Santa Casa.

— O senhor tem algum parente internado?

— Não, desculpe — respondi, já pegando a mala.

Mas ele me examinou mais um pouco e concluiu que, no meu caso, ia abrir uma exceção.

Longe de ficar contente, me lembrei foi do primo José vociferando ao longe:

— O que mais vai te complicar a vida em São Paulo é essa maldita cara de bom sujeito. Não pode, em São Paulo não pode, é muito perigoso. Se eu tivesse dinheiro te mandava fazer uma plástica. E uma boa vasectomia.

Essa da vasectomia na hora eu não entendi.

3.

STATUS, DETESTO A PALAVRA. MAS QUANDO, AOS DOMINGOS, eu entrava para a missa das sete da noite na igreja iluminada e cheia, de alvas vestes paramentado, a música do órgão lá em cima ia crescendo, os fiéis se levantando e, na hora do sermão, sentavam todos atentos à minha palavra.

Neste janeiro chuvoso, quando entro nos ônibus desta cidade sem fim, impossível não perceber que meu status caiu um pouco. Ali vou eu, no mais das vezes em pé, apertado, cansado, desempregado, cheio de dúvidas e, principalmente, molhado. É como vou me lembrar de mim nos primeiros dias em São Paulo: molhado no ônibus. Tentando me reconfortar com o último aviso do primo Poty: "No começo tu vai te sentir como cusco atravessando rio em canoa, mas não te afoba." Tinha dias em que o ônibus mais parecia mesmo uma canoa tentando avançar por ruas que eram rios, de gente e, não raro, de água mesmo. Uma tarde, depois de mais uma entrevista frustrada, fui ao banheiro da empresa onde procurava emprego e vi no espelho um cara bastante assustado com umas franjinhas tipo pega-rapaz caindo pela testa, obra da chuva. Tive que reconhecer: eu também não contrataria aquele sujeito.

Há quase uma semana procuro emprego 24 horas por dia, que nem dormindo desligo. Uma noite sonhei que fora obrigado a prestar serviço militar e já era algo como sargento. Eu, hein. O dia inteiro saio por aí tentando alguma coisa na área da escritura e adjacências, jornalismo, publicidade. No bolso, completamente virgem, a carteira de trabalho que o Faiéco me obrigou a tirar. Me sinto um vendedor. As amostras de textos que levo numa pastinha verde para convencer os clientes já levaram umas boas chuvas também. Mas insisto, que remédio. Todas as manhãs bem cedo recorto dos jornais todo e qualquer PROCURA-SE na área de escrita e similares, e me mando.

É uma via-crucis danada.

Numa revista sobre fotografia duas senhoras melancólicas me ofereceram um estágio, mas sem nem ajuda de custo.

Num jornal de bairro um velhinho tabagista e sonso disse que precisava, sim, de um factótum na redação, um repórter que escrevesse bem e fotografasse um pouco, mas tudo por um salário que nem para o hotel daria.

Numa agência de publicidade um meninão eufórico foi com a minha cara, curtiu muito o fato de eu ter sido padre, contou histórias do seu tempo de coroinha em Catanduva, disse que um estágio na agência era, sim, possível, e até pago, mas por enquanto não havia nem lugar físico, mesa disponível.

Na house-organ, como disse, de uma grande loja de departamentos, uma menina igualmente vibrante me tratou com um otimismo cheio de palavras em inglês, que eu não só não entendia direito como devo ter ficado até um pouco ruborizado quando ela, na saída, disse que queria muito fazer um *follow-up* comigo.

Durante um teste para a área de Comunicação Social de uma grande montadora de carros em São Bernardo, tasquei no item idiomas — latim, grego e noções de aramaico. A senhora que comandava os trabalhos quis saber quem escrevera aquilo. Me apresentei achando que alguma coisa ia enfim acontecer, mas ela só me olhou com desdém.

De ânimo, diga-se, vou me agüentando relativamente bem, apesar de dois medos básicos que ultimamente deram de se encarnar de forma muito curiosa: um numa tal de rua Aurora aqui perto e outro num colega aqui de hotel, o Poy. Não sei como explicar isso, esse pavor repentino de voragens que nos chamam. De que flancos da alma vem esse tipo de coisa.

A Aurora é uma rua que eu acho que só existe de noite, que é quando vêm à tona seus hoteizinhos mixos, barzinhos sujos, uma triste procissão de putas, travestis, bêbados, mendigos e uns velhos de sapato branco que parecem recém-exumados de um mundo perdido. Pois não é que me bateu um medo danado de um dia terminar na rua Aurora? Mal passo lá e não tem como explicar como ela foi se tornando para mim essa borda de abismo, essa desagregação pressentida. Dizem os místicos e os salmos que nossas melhores luzes são aquelas que se acendem depois daquele vale sombrio de onde nossos piores demônios nos chamam. Não sei.

E tem o Poy. O nome dele é Osmar e é a única pessoa aqui do hotel com quem às vezes eu converso um pouco. Poy é um apelido, mas fatal. Um dia o São Paulo foi jogar na festa do centenário de sua cidadezinha lá no interior. Osmar todo glorioso na meia-esquerda da seleção local e, no gol do São Paulo, o grande goleiro argentino Poy. Quase no fim da partida, o gol. Um cruzamento da direita e o Osmar, sem deixar cair, me acerta de fora da área um sem pulo no ângulo que o argentino até hoje não imagina por onde entrou. Festa, delírio na torcida, os dois times por um instante se irmanam na beleza daquele gol que vinha iluminar e congelar para sempre a vidinha do Osmar. Ele chegou até treinar no São Paulo, não deu certo, voltou, casou com a filha do dono do posto de gasolina, teve uma menina, separou, brigou com o sogro, chegou a tentar, alta madrugada, um programa de boleros na rádio local. Sobrou o apelido, Poy, que ele trouxe consigo quando veio tentar a vida em São Paulo e aqui está no hotel, meticulosamente passando todas as noites o único terno com que busca, dia após dia, algum emprego como vendedor do que seja. Mas parece que ninguém quer arriscar seus produtos nas mãos da sua enorme tristeza.

Não há nenhuma razão para que veja minha vida refletida na do Poy, mas às vezes acontece, e me assusta. Ele, aliás, anda cada vez mais calado, quase já nem me fala mais daquela tarde e daquele gol. Fica horas fumando lá em cima numa varanda do segundo andar, uma varanda que antigamente devia dar para um lindo pátio arborizado e que hoje dá é de cara contra a cega parede do prédio ao lado.

Consegui, enfim, um estágio com ajuda de custo numa grande agência de publicidade que vagamente pertence a uns gaúchos que nunca me foi dado ver.

Ficamos ali numa sala nos fundos, que os paulistas bestamente chamam de edícula. Eu digo *a ridícula*. Somos uns cinco redatores, todos ignominiosamente mais jovens que eu. Fiz as contas e logo vi que, daqui para a frente, aonde quer que vá terei sempre uns dez anos a mais que a concorrência. Nossa missão é flagrar e com graça proclamar coisas maravilhosas nos produtos que os clientes confiam à agência. No caso, uma máquina de escrever elétrica, um novo xampu e um novo aparelho de barbear. Meus companheiros, três rapazes e uma menina, vibram o dia inteiro com essas novidades. Uma tarde, cheguei à conclusão de que não estava preparado para tanto otimismo e no dia seguinte não voltei mais. Com tanta fé no futuro duvido de que meus colegas de estágio tenham dado pela falta daquele "gaúcho tirador de sarro". Era como se referiam a mim. Acho que nem chegaram a desconfiar que eu estava fazendo estágio não naquela agência, mas neste mundo.

Deles só me ficaram o rosto pálido e os grandes olhos negros de uma menina judia chamada Nava. Um dia Nava me disse que o problema com as agências de publicidade é que elas têm de fato um ou dois gênios de verdade, e tudo bem, só que aí todos os outros funcionários, dos contatos às secretárias, se sentem na obrigação de parecer.

Sem a obrigação de levantar cedo, fiquei na cama até quase o meio-dia, olhando a vida no teto, fazendo contas. Ainda tinha algum dinheiro, e voltar pra casa, nem pensar.

Ver se o padre Luís Remígio havia voltado de suas misteriosas férias? A penumbra daquela casa ainda me assustava um pouco e acho que ainda não tinha me recuperado direito daqueles santos de castigo lá em cima na abóbada.

Então quem sabe tentar outras profissões. Nos PROCURA-SE dos jornais as vagas mais abundantes eram, por exemplo, para overloque e fresador. Por que não?, pensei. Por que não? O mundo aí se danando e eu ali, quieto no canto, fresando, overloqueando. Nem sei bem o que é isso, mas por que não?

Há muitas oportunidades também para vendedores. Mas desse ramo primo José me desanimou de cara. Sem maiores rodeios me considerou desprovido de dois atributos essenciais para um bom vendedor: cu de galinha e ego de argentino. O bom vendedor, explicou, é o cara preparado para ouvir uns 97 *não!* para chegar a um *sim*, e que eu no quinto *não!* já ia entrar em pânico profundo. É bem possível. Ele ainda fez questão de acrescentar que eu tinha sido muito bem treinado para vender, sim, mas sem nunca precisar mostrar o produto. Não tive coragem de perguntar se ele se referia a Deus, ao céu ou à eternidade de um modo geral.

À tarde, resolvi ir ao médico, ver como andavam meus complicados pulmões. O pneumologista gaúcho que anos atrás me tratara de uma pleurisia havia me recomendado um amigo dele em São Paulo, doutor Júlio Lenzi, cujo consultório fica ali na rua Itapeva, perto da Paulista.

O tal doutor Lenzi era a cara do Paulo VI, os mesmos claros olhos e lábios finos, a mesma palidez angustiada na testa. O impecável jaleco branco o tornava mais papa ainda.

Pegou a radiografia que eu fizera na sala ao lado, enfiou numa moldura de luz na parede e ficou um bom tempo olhando, num silêncio que foi ficando meio chato.

— Afinal, o que que você veio fazer nesta cidade? — perguntou ele de repente, sem tirar os olhos da radiografia.

— Ué... e por quê? — respondi nervoso.

Eu não sabia onde me meter. É o progresso, pensei. É o processo evolutivo, como vivia dizendo o Argeu, um taxista visionário de Dom Pedrito. De tão avançadas, as radiografias já dão até um pouco da tua alma, concluí. E por que não? E por que não? Antigos áugures não liam destinos nas vísceras dos pássaros? Por que não assim no pulmão, direto? O pulmão não é o centro da vida em nós? Sem beber, sem comer a gente ainda agüenta uns dias. Sem respirar em poucos minutos se vai. Sim, o pulmão é a vida. O ar, o pneuma, o Espírito, o Nada que, como Deus, garante a vida, tudo isso é o pulmão em nós, e tá tudo ali, clarinho, na radiografia. Não sei donde me vinha, e tão rápido, tanta besteira.

— Por que o senhor acha isso? — insisti, agora já meio puto.

— Não sei, acho que esta cidade não é para um sujeito como você — ele foi dizendo, sem tirar os olhos da radiografia.

Essa agora.

— Porque eu imagino — continuou ele — que na condição de ex-padre, sua cultura esteja aqui (apontou o alto da radiografia), sua vida econômica por aqui (apontou o meio da radiografia) e sua vida afetiva, sexual mais ou menos aqui (cruelmente cravou a base da radiografia).

Aí apagou a luz da moldura, disse que clinicamente eu estava bem (e o resto, e o mais, doutor?), não me cobrou nada e pediu que voltasse daí a uns três meses, clinicamente alheio aos incêndios que acabara de provocar no meu espírito.

Saí a caminhar um pouco ali pela Paulista, ainda meio envergonhado com isso de andar com a alma escorrendo pelo pulmão. Felizmente fui distraído pela figura de um mendigo barbudo que com sardônica superioridade olhava o mundo em volta. Uma hora, justo quando o sinal abriu para os carros, ele começou a atravessar a faixa de pedestres em câmera lenta, brincando de pular sapata nas listras brancas. Os motoristas hesitam em avançar, mas buzinam nervosos, cada vez mais nervosos. Menos a moça de um Passat azul, que ri. Ri com gosto, como se estivesse presenciando alguma coisa próxima de um milagre. Tinha uma boca muito viva e eu soube na hora que nunca mais ia esquecer aquele rosto, aquela boca. Me deu vontade de bater no vidro e pedir que ela, que é daqui, que me explicasse aquela parábola do mendigo no cruzamento e tantas outras coisas.

Seu vívido rosto ficou andando um bom tempo comigo. Aquela boca viva. Boca sempre me incomodou um pouco. Quantas vezes, meu Deus, aquele beicinho enjoado da Jeanne Moreau me atropelou os salmos. Já a Brigitte Bardot, diga-se, outro mito da época, nunca me impressionou muito porque era a idéia mais aproximada que eu fazia, imagina só, de uma boneca inflável. Mas a moça do Passat azul, a moça do Passat azul. Juro escondido que do riso dela vinha um hálito de mato e sanga. Escondido porque chego a ver meus mentores sacudindo a cabeça lá no fundo dos pampas. É, parece que não tem jeito, quase que ouço primo José vociferando. Ele vivia dizendo que para os meus primeiros seis meses em São Paulo, eu devia fazer uma espécie de voto extra de celibato. Só para evitar besteira. Para não fazer como o padre Antônio Zuchetto, que um dia deixou a Igreja, tudo dentro dos conformes, chegou de ônibus a Porto Alegre, chovia muito e ele na rodoviária cristamente rachou o táxi com uma professora. Estão juntos até hoje, quatro filhos.

E agora eu aqui na esquina, ruminando, meio assombrado pela moça do Passat azul.

A noite cai e eu tomo um ônibus qualquer na Paulista. Nem sei para onde vai. Na placa diz Circular Avenida. É o que talvez me ajude, circular é outra forma de ruminar. E nada como um bom ônibus numa hora dessas. Ônibus é o tipo do negócio objetivo. Kombi mais ainda. Talvez eu devesse comprar uma Kombi. Kombi é o tipo da criatura que sabe o que faz. Alguém já viu uma Kombi duvidando?

Aí no ônibus entra uma senhora, e não sei se digo senhora para me defender. Bem, ela devia andar, sim, pelos 40 anos, no rosto uma beleza forte, meio petrificada pela luta da vida. A cintura fina a salvava de uma certa, digamos, robustez geral. Veio sentar ao meu lado, fechou os olhos e, de repente, aos poucos, não sei como, estávamos francamente, tacitamente encostados, amparados um no outro. Quietos, num calor, numa paz, e o balanço do ônibus. O pessoal descia, subia, e nós ali, cúmplices. Uma vez a

Micaela, minha maior amiga dos tempos de padre, me falou da avidez com que, numa creche de crianças abandonadas, os bebês procuravam se encostar uns nos outros.

O ônibus já estava quase vazio e nós dois ali juntos. Acho que foi ficando meio chato. Uma hora tive a impressão de que o motorista já nos observava pelo retrovisor. Não sei se foi por isso que eu e minha companheira despertamos para este mundo. Eu não sabia onde andava e nem onde descer. Ela é que, a certa altura, se levantou, e me olhou, talvez a primeira pessoa que tenha de fato me olhado nesta cidade, desceu e desapareceu.

Penúrias.

4.

NO DIA SEGUINTE, BEM CEDO, FUI CONFERIR UM ANÚNcio de REDATOR — PROCURA-SE ali por aqueles baixios da avenida Angélica, já perto do Minhocão. De repente, um grupo de mendigos que caminhava ao meu lado deu com outro mendigo, um cara alto, energético, quase atlético que vinha em sentido contrário. Ele pareceu reconhecer a única mulher entre os mendigos do grupo e ficou muito feliz com isso:

— Greice!

Greice, quase uma condessa no seu largo vestido de seda amarelo, não pareceu reconhecê-lo e seus companheiros ficaram bastante agitados, ofendidos mesmo com aquelas intimidades.

— Mas quem ele pensa que é? — murmurou um deles.

— Chega assim, desrespeitando.

— Onde tá a minha faca? — perguntava um crioulo baixo e forte. Mas onde tá a minha faca? Justo hoje fui esquecer a minha faca.

O magrão atlético não se conformava.

— Greice, não se lembra? Sou eu, o Tarzan.

Greice olhava apertando os olhinhos, desconfiada.

— O Tarzan, não se lembra? Lá do Santa Efigênia. O viaduto...

Ele parecia sinceramente desolado.

— Meu Deus, o Tarzan! — Greice o reconheceu por fim, radiante.

— O Tarzan, é o Tarzan! — festejaram os outros, aliviados, dois deles até se abraçaram como se estivessem prestes a ser salvos. Greice e Tarzan também se abraçaram e foram todos em frente, felizes. Era o Tarzan.

Instintivamente, meio contagiado, fui subindo a Angélica atrás deles, pensando por que diabos, numa terra estranha, os mendigos se tornam tão importantes, quando divisei ao longe, numa praça, um sujeito solitário tomando chimarrão. Em São Paulo, assim de manhã, na maior. Fui me aproximando com cuidado. Ao chegar perto, num impulso me apresentei como quem bate continência:

— João Silveira. Bagé.

No mesmo tom ele me estendeu a mão:

— José Antônio Fagundes. São Borja.

Mal sentei, me passou o mate. Ficamos um pouco em silêncio, sacudindo a cabeça em espírito como quem diz olha só as coisas da vida... Sucintamente contei minha história. A infância no campo, Bagé, o seminário, a ordenação, os anos de padre, a prisão, São Paulo, o cagaço dos santos lá na igreja do padre Melécio, a batalha por emprego. Ele também contou a sua. São Borja, uma Escola Técnica Agrícola perto de Porto Alegre e aí, nas asas de uma desilusão amorosa, São Paulo, jornalismo, um pouco de publicidade, um pouco de política. No fim, observou:

— Dentro de um mês, no máximo, volto para o Rio Grande. Eu voltando e tu chegando. Bagé, São Borja... Parece que estamos rendendo guarda.

Depois passou a mão pela barba já bem nevada e me lembrou as filosofias do seu Noé lá na cadeia, que sempre tinham cavalo no meio:

— Olha só, índio velho. Essa barba tordilha. Não sei em cavalo, mas em gente o tordilho é um pelo de voltar. Esses dias li num poema, acho do Elliot, que não devemos parar de investigar e que o fim da nossa investigação é chegar aonde iniciamos e conhecer o lugar pela primeira vez. Ou, em linguagem de carreirista de São de Borja: a gente campereia, campereia só pra entender o partidor. Já estava tudo lá.

Ainda vão fazer um estudo sério sobre as luzinhas que mal perpassam o rosto das pessoas quando falam. Alguma coisa entardeceu no rosto do meu novo amigo enquanto ele falava isso. Só clareou um pouco quando confessou, esticando o lábio inferior na direção dos prédios em volta, num movimento que os gaúchos usam para medir a chamada légua de beiço.

— Olha só esses prédios. Olha só esses prédios. Cada dia, tu levanta, tem um novo. Dei de vir tomar mate nesta praça para protestar contra esta cidade que cresceu tanto desde que cheguei, quase 20 anos atrás. A gente tem que reagir. Eu tomo chimarrão. Esses dias, para completar o rito, queria vir com um casaco de pijama, como acho que ainda devem fazer os velhos nas pracinhas de São Borja. Minha empregada não deixou. Disse que ia pegar mal para a minha imagem.

Chupou o mate em silêncio e completou:

— Mas esses dias eu li que a gente só passa a ser decente mesmo quando renuncia à própria imagem... Que essa é a primeira grande renúncia séria a fazer.

Concordei lembrando que, para Jesus, a imolação pessoal por uma determinada imagem social é o maior pecado que existe. É só ver a bronca d´Ele contra os fariseus. Sepulcros caiados!

E por aí fomos, por aí fomos, nesses trucos de alma que brotam assim de repente e fazem um gaudério ir botando tudo na mesa. Esquecidos do mundo, a cavaleiro da cidade em volta, tiroteando folgado. Nos relinchando, como se diz em Bagé e talvez em São Borja. Uma hora tive a impressão de que as pessoas em volta já nos olhavam como náufragos. Fagundes ameaçou ir até seu apartamento encher mais uma térmica para o mate. Já era perto do meio-dia quando ele se lembrou de mim e das minhas desventuras.

— Mas, índio velho, temos que te arranjar um emprego. E ligeirito. Em que área tu tá procurando?

— Bom, jornalismo...

— Tu não é comunista?

— Precisa?

— Ajuda. O pessoal do Partidão é muito unido nisso de providenciar empregos uns para os outros, tanto à direita como à esquerda. Mas numa coisa tu deu sorte. Um lado desta ditadura tu mesmo experimentou na cadeia, mas fato é que, sem culpa nem mérito do teu conterrâneo Médici, o país está num momento de grande expansão. Crescendo barbaridade. Trabalho não falta, tu é que deve andar chorando em catacumba errada. Acho que até já sei onde vou te apresentar. Tem uma revista aí que decidiu crescer e vai precisar de gente. Esses temas de religião, comportamento podem ser o teu forte. SOU PADRE E QUERO CASAR, essa matéria de um padre americano foi, por exemplo, um baita sucesso. Tu podia escrever a versão brasileira.

— Puxa, mas eu já nem sou mais padre, e casar... Sabe qual é a virgindade que mais me preocupa?

— Qual?

— Esta aqui.

Mostrei a minha carteira de trabalho. Branquinha, branquinha.

Fagundes riu com gosto.

— Cara: eles vão gostar de ti. O Saulo e o Virgílio, os editores. Vou te apresentar hoje mesmo. Mas primeiro vamos almoçar.

Fomos até o seu prédio, mas Fagundes nem subiu, na portaria mesmo deixou os avios do mate.

— Já tiveste no Ferro's Bar?

— Não.

— Ah, mas precisa. É um bar e restaurante, tem fama de ser reduto de lésbicas e tem também um risoto à Catarina do Ferro's Bar que é da maior sustança. De levantar sapata. Foi o meu prato de resistência nos meus primeiros anos por aqui.

Fomos subindo acho que pela Amaral Gurgel, passamos por uma enorme igreja triste, perdida entre cruzamentos e, logo depois de uma praça de cimento, chegamos ao Ferro's Bar, que ficava na frente de uma sinagoga. Fagundes tinha razão quanto ao risoto à Catarina que, de ovo a bacon, passando por ervilha e frango, era difícil saber o que não continha.

Do restaurante mesmo Fagundes telefonou para seus amigos jornalistas, tomamos um táxi e desembarcamos sem mais na editora da tal revista. Fagundes me cabresteando com desenvoltura pelos corredores, e eu meio sem jeito atrás. Ele percebeu.

— Rapaz: mete a cara. Em São Paulo são muitos os chamados e poucos os escolhidos. Fica quem tem alguma coisa que oferecer ao mercado. Tu tem e pronto. Só vê se não te achica.

O Fagundes parece que era bem acreditado na região. Cumprimentava um, fazia uma gauchada com outro. No quinto andar foi direto à sala dos dois editores da revista, Saulo e Virgílio. Entrou sem mais e foi anunciando, desempenado:

— Ó: trago mais um gaúcho pra vocês.

Foi tudo muito rápido. Virgílio, o editor, e Saulo, o adjunto, mal olharam a pasta verde dos meus textos. Parece que ali mais valia a palavra do Fagundes. Virgílio só comentou:

— Era o que nos faltava nessa zorra: um capelão!

Virgílio e Fagundes logo estavam discutindo em que tipo de matéria que eu poderia melhor me desempenhar. Saulo, pálido, irônico, traços delicados, pinta de cardeal renascentista, só observando calado. De repente se saiu com esta:

— Sabe o que eu acho? Que a gente deve, sim, contratar o rapaz. O problema é que ele vem da igreja, do interior, da filosofia, da teologia, de um pouco de literatura. Do reino de Deus. Então primeiro tem que aterrissar um pouco no reino deste mundo. Senão se deslumbra fácil. Sabe o que acho? Que a editora devia financiar para ele uns seis meses cobrindo polícia no *Notícias Populares*. Uma espécie de intensivo de mundo, deste mundo.

Falou tão sério que ficou um clima assim. Eu só pensando naquela manchete do *Notícias Populares*, PADRE CAI DURO NA LUA-DE-MEL.

Aí Virgílio teve outra idéia igualmente esquisita. Eles me contratavam, tudo bem, mas eu teria de assinar o compromisso de, na primeira oportunidade, me tornar síndico do prédio onde fosse morar. Essa era, segundo ele, a melhor oportunidade de saber como o ser humano realmente funciona.

— Porque, meu amigo, se você quiser compreender o drama da humanidade e os inviáveis deste mundo, esqueça Sócrates, Sartre, Nietzsche, Aristóteles, Santo Agostinho e toda essa ilustre cambada: fique síndico do seu prédio.

Puseram-se os três a discutir o que mais rapidamente converteria um ex-padre à verdadeira humanidade, cobrir polícia no *Notícias Populares* ou tornar-se síndico de um prédio. Saulo arrematou de repente:

— Ou então podia casar logo.

— É, levar filho em festa junina.

— Festinha de aniversário...

O que eles queriam, os biltres, era me arranjar um ordálio ao contrário. Na Idade Média o ordálio era um ritual que a Igreja inventou para testar a inocência de algum acusado. Uma prova extrema. O réu que incólume atravessasse, por exemplo, as chamas e as brasas de uma fogueira provava que era inocente perante o Senhor. Agora vêm esses energúmenos aqui e em outras fogueiras querem me jogar para que eu prove a falta de inocência que me tornaria apto para viver no mundo deles. E bem na minha frente ficam discutindo qual seria o ordálio maior, se festa junina, aniversário de criança, repórter policial ou síndico de prédio. Eu ali, quieto e meio assustado com essas figuras que parecem retornar, sem muito entusiasmo, de um mundo do qual eu estou tentando fazer parte. Me sentia uma criança ouvindo conversa de adulto. Quase rebati que, apesar de tudo, bem que eu não era tão neófito assim, que já tinha visto este mundo através de três grades respeitáveis, as do convento, as do confessionário e as da cadeia. De medo que um deles vociferasse "agora só faltam as do casamento", fiquei quieto. Ia começar tudo de novo.

No fim Virgílio, simpático, disse que no dia seguinte eu devia me apresentar com documentos ao Departamento de Pessoal e depois procurar direto um tal de Fraguinha, chefe de reportagem. Fagundes foi mostrar minha futura redação. Antes de se retirar para uma visita a outros amigos na casa, me apresentou ao Pessoinha, um baixinho angustiado, pálido e de olhos grandes, pauteiro e redator. Na mesa ao lado uma morena cheia de formas se equilibrava enganchada numa cadeira diante da mesa de um dos editores, numa posição assim entre Lótus e Kama Sutra, o que ressaltava ainda mais suas qualidades. Pessoinha me disse baixinho, mais atormentado que lúbrico, apontando com os olhos para a bunda da moça:

— Olha só, seu padre, quem pediu tanta? Teu ex-patrão às vezes também se perde um pouco.

Era de fato impressionante.

— Ela trabalha aqui? — foi só o que me ocorreu perguntar.

— Quem, a Maura? Na revista ao lado. Mas, pelo jeito, quer vir pra cá. Olha só, tá em campanha. Cuidado, reverendo: a gente vai levando, mas mulher tá sempre em campanha. Casamento, filho...

Pessoinha deu uma volta pela redação me apresentando. Todos se mostravam entre curiosos e irônicos por ter um ex-padre entre eles. Maura, a moça esticada na cadeira, mal tomou conhecimento da minha pessoa. Mas senti que, lá do canto, entrincheirada numa barreira de fumaça, uma certa Dráuzia conseguiu, entre uma tragada e outra, me olhar para além daquele repentino folclore à minha volta e deve até ter percebido pelo menos um pouco do grande tumulto que me ia por dentro. Tive a impressão de que queria me dizer alguma coisa. Tão hirta com seu cigarro, não sei se um dia vai dizer. Anjos da guarda... De alguma forma Deus sempre nos manda um, o diabo é que os melhores raramente são simpáticos.

O tal Fraguinha, chefe de reportagem, me olhou como quem esfrega as mãos em espírito, prelibando sabe Deus o quê. Achei que Dráuzia outra vez me observava, prevenindo. Mas Fraguinha deu uma rápida espiada na minha pastinha de textos e depois se limitou a dizer que antes, na Igreja, eu sabia a verdade e só tinha de pregá-la; agora, no jornalismo, bastava descobrir a verdade e contá-la com objetividade. E arrematou, para minha primeira irritação:

— Curto e seco, sem sermão nem poesia.

Sem sermão tudo bem. Mas essa idéia de poesia como mera lambança etérea muito me irrita. Versos como "só os idiotas vão com tudo ali onde até os anjos pisam devagar", de Alexander Pope, "vivemos todos nós cheios de vozes que, o mais das vezes, mal cabem em nossa voz", do Ferreira Gullar, ou "o chato de virar estátua é que a gente não pode se coçar", de Mário Quintana, são tão informativos quanto a última cotação do dólar ou o número de mortos da última batalha no Vietnã. Poesia é informação. Seus furos de reportagem se contam aos milhares. Muito antes destes nossos modestos telescópios, psicologia, antropologia, astrofísica, os poetas já forneciam informações bastante precisas sobre as miríades nebulosas e constelações que nos habitam. Mas claro que eu não ia discutir isso agora com o Fraguinha.

Ele terminou me sugerindo que daqui pra frente lesse muito Hemingway e Graciliano Ramos a fim de curar definitivamente meu texto jornalístico de quaisquer arroubos místicos ou sentimentais. Falou Hemingway e Graciliano num tom assim de quem fornece duas marcas de aguarrás para remover excessos. Cheguei a imaginar meus textos secando ao sol dos sertões do Graciliano e meus pobres adjetivos sendo alvejados, um a um, pela carabina certeira do Hemingway.

Os outros colegas me pareceram mais acolhedores. E prestativos. No departamento de arte, o editor, Pedro Monti, me ofereceu um carro, um fuscão que era da mulher dele, e seu assistente, Alberto Cafiero, perguntou se eu não queria assumir seu aluguel num apartamentinho na Vila Buarque, a mulher estava grávida e tal.

— Cuidado, seu padre, fica na Boca do Luxo, altas putarias — foi logo prevenindo um tal de Jangada, o fotógrafo.

Crime, putaria, festa junina... Ínvios, Senhor, são os noviciados para este mundo.

Voltei a me refugiar junto à mesa do Pessoinha. Fiquei observando os futuros colegas mergulhados outra vez em suas laudas creme de linhas azuis enfiadas em bem fornidas máquinas Olivetti, também azuis. Gostei do Pessoinha e dos outros. Por motivos diferentes Maura e Dráuzia me assustavam um pouco. Terminei gostando também da Dona Gilcemar, a super-secretária que não saía do telefone e que agora arremetia, imagino, contra uns sobrinhos recalcitrantes que ela devia monitorar por telefone.

— E querem saber de uma coisa? Vão todos à merda, e àquelas de beira-muro, que são as piores.

Não posso perder de vista essa senhora. Uma pessoa que consegue dar certa hierarquia à merda pode me ser muito útil não só nesta cidade e nesta profissão como na vida em geral.

Pessoinha recebeu uns papéis de uma japonesinha e mal esperou que ela se afastasse para comentar:

— Não falei? Assim não dá. Japonesa com bunda: já tão fazendo!

De volta de suas andanças, Fagundes me pegou pelo braço:

— Vem, ainda temos que cumprir uma última penitência.

No andar de cima entramos na portentosa sala de um sujeito que me pareceu gentilmente incomodado com a visita, como que meio flagrado em sua glória. Na ponta do nariz, uns óculos de meia lente lhe conferiam um olhar mais inteligente do que era e, no peito, uma caneta pendurada numa corrente insinuava um vistoso e impiedoso mestre. Só falta pegar um cachimbo, pensei. Cachimbo é a coisa que neste mundo mais rapidamente consegue dar às pessoas um certo ar de sabedoria. Mal cumprimentou Fagundes, refestelou-se no trono da enorme cadeira giratória e sacou, não sei donde, um cachimbo. Perfeito. Nem sei o que falamos. Na saída, perguntei ao Fagundes quem era o pinta.

— Élvio Montes. Uma figura muito típica do Brasil: o medíocre metido que chegou lá. Toda grande empresa tem um.

Achei que ia continuar, mas Fagundes já tinha outras idéias.

— Sabe aonde vamos agora, para completar nossa campereada? Numa sauna. Já foste à sauna?

— Mais ou menos.

— Tem uma ali perto da Nove de Julho que é ótima, deve ter quase cem anos.

No táxi, ele parecia muito feliz pelo fato de o meu primeiro emprego ser naquela editora.

— Eles podem não ser perfeitos, mas têm um espírito de multinacional, não seguem as três regras de ouro de uma empresa brasileira típica.

— E quais são essas três regras de ouro de uma empresa brasileira típica?

— Quem decide raramente é do ramo. Não é no por dentro que se ganha, é no por fora. Gente é barato, não importa.

Não entendi muito, mas já estávamos chegando à tal sauna, que devia ter uns cem anos. Os freqüentadores eram todos de fato bastante idosos e misteriosos. Envolvidos naquelas toalhas e largos roupões, lembravam sacerdotes cansados de um templo perdido. Remanescentes. Mal perceberam nossa presença. Entre as brumas da sauna úmida essa sensação de irrealidade só fez aumentar. Tudo bem, que tudo hoje está sendo meio irreal, pensei. Aí uns mulatos, acho que músicos de alguma orquestra típica, começaram a desfiar um bolero, as mãos dando o ritmo contra os corpos suados. Depois um negrão muito gordo começou a contar, lento e remanescente, um longo caso de amor. Até que alguém interrompeu impaciente:

— E aí, casaram?

— Não — ele suspirou. — Não... A gente vive assim como o Sartre e a Simone de Gantois, não vê?

Tiramos o time. Com essa tiramos o time. Rir ali era meio arriscado. Éramos dois estranhos, e sauna úmida é o tipo de lugar propício para um estrangulamento discreto.

Na rua, o vento fresco da noite e a imponderável leveza da sauna. Eu levitava. Eu levitava. Fagundes também parecia remoçado.

— Agora, para completar, pardo velho, vamos ao Bar das Putas.

O que na hora me veio à cabeça foi uma última recomendação da Micaela: aconteça o que acontecer, não começa com puta. Fagundes percebeu meu embaraço.

— Calma, índio velho. É só uma churrascaria bastante popular ali na Consolação, passando o cemitério. O pessoal diz "das putas" porque é onde as profissionais, alta madrugada, vão se recompor da batalha. Tem uma bisteca famosa, de levantar o ânimo das moças.

Bar das lésbicas, sauna fantasma, bar das putas, Fagundes tem sistemas de revitalização bem originais nesta cidade.

Fomos a pé mesmo. Eu ainda levitando da sauna. O tal Bar das Putas estava cheio. A fila corria junto a um balcão na entrada, onde a gente fazia o pedido e já tomava a primeira cerveja. Com certa vergonha descobri que a primeira cerveja depois de uma sauna é algo próximo da divindade. Meu Deus do céu, pensei, aonde vou parar. Êxtase em churrascaria, no Bar das Putas.

A animação era geral e só podia. Esta cidade pode ter lá os seus problemas, mas já deu para perceber que em padaria, churrascaria e pizzaria não há lugar para angústia e Hamlet por mais que seja tem que ir fumar lá fora, no escuro. Mal sentamos, duas portentosas bistecas já crepitavam à nossa frente, e mais cerveja. O público em volta ficava assim entre o universitário hippie e o caminhoneiro clássico. Logo será classe média pura ou rico alternativo, Fagundes observou.

— É sempre assim — acrescentou —, desde a feijoada que os escravos criaram com o que sobrava do porco. É sempre assim. O povo inventa, o intelectual divulga e os bacanas chegam e se apropriam. Por isso a gente não precisa se preocupar: tribos indígenas que hoje meticulosamente dizimamos um dia serão todas elas, ou pelo menos as mais sonoras, nomes de butiques.

Vou sentir falta do Fagundes.

Na mesa ao lado um sujeito enorme, motorista ou talvez mecânico, lambuzava-se deliciado na sua chuleta e mal percebia que a namorada, ou noiva, toda empertigada e combinada, o vestido, o cabelo, a bolsa e os sapatos, não parava de olhar em volta, entre chocada e assustada. Fiquei imaginando ele num bairro distante dizendo animado enquanto beliscava o lóbulo da orelha: *benhê, vou te levar num lugar daqui ó*, e ela sonhando encantada com um restaurante francês. E agora, isso. Chuleta, cerveja e tumulto. Para ele, o máximo. Para ela, meu Deus do céu. Imaginei-a chegando em casa: *mãe, ele não gosta de mim, não me valoriza, precisa ver o lugar aonde me levou*. Quando a moça se levantou para ir ao banheiro tive vontade de ir lá e tentar explicar pra ela: *Franciene, ele te adora, por ti está fazendo o que pra ele é o máximo*. Mas não tive coragem. Só fiquei rezando para que ela pelo menos nunca ficasse sabendo do nome do bar.

Surpreendi Fagundes me olhando como se eu estivesse interessado na moça do mecânico. Porque ele hoje só falta me casar.

Depois fui acompanhando Fagundes até o prédio dele. Meu amigo já estava, como se diz em São Borja, um pouquinho floreado. Antes de entrar, ainda me disse, visivelmente satisfeito com nossa longa e profícua campereada:

— Agora tu já sabe, companheiro. Agora tu sabe. Quando estiver para floxar o garrão nesta cidade, agora tu já sabe: é risoto de sapata, sauna da Nove de Julho e chuleta de puta. Não tem erro.

Se o meu bispo ouve.

Sem pressa fui caminhando até o hotel. Antes de entrar vi o Poy lá em cima agarrado na balaustrada da varanda que dá, cega, para o prédio ao lado. Como que se agarrando na quilha de um barco já meio à deriva num mar revolto. Foi a impressão que me deu.

Limpo da sauna até os mais recônditos escaninhos da alma, caí na cama sem banho nem nada, mas claro que não conseguia dormir.

Que dia, meu Deus, que dia. Que querem os deuses dizer com ele?, eu me perguntava, ansioso, no escuro. De graça é que eles não costumam facilitar tanto. Que dia. Os mendigos, o Tarzan, o Fagundes na praça, o risoto à Catarina, a editora, a revista, o meu primeiro emprego, a angústia do Pessoinha, a bunda da Maura, o olhar da Dráuzia, o fuscão azul, o primeiro apartamento, a primeira sauna, a primeira cerveja depois da sauna, a redenção pela bisteca. A salvação pelo Fagundes. A vida praticamente resolvida, num só dia. Devia rezar meu salmo favorito, o 127, "de nada adianta levantar-se antes da aurora e prolongar até alta noite o teu labor, porque o Senhor dá aos que ama enquanto eles dormem". Bem que devia. Mas a verdade é que me sentia mais assustado que agradecido. Como que colhido por um turbilhão sem volta. Num só dia ganhei um amigo, um emprego, um carro, um apartamento, uma outra vida quase pronta. Nunca não vou poder dizer para um filho folgado ou mulher gastadeira: olha tudo o que eu passei nesta cidade... Sou um homem sem desculpas e bem sei o quanto neste mundo isso é arriscado. *Miserere mei, Deus, secundum magnam misericordiam tuam.*

O dia foi tão louco que só em latim consegui dormir.

5.

MEU PRIMEIRO DIA DE TRABALHO. MUITA GENTE pergunta se, durante minha prisão como padre, fui de alguma forma torturado. Não, propriamente não fui. Ou pelo menos nada que se compare aos testes a que fui submetido hoje de manhã no departamento de RH da editora. Aquilo sim é que é ordálio.

Porque a verdade é que para certas coisas sou meio troncho de nascença. Meus desenhos nunca saíram da primeira infância, minha linha reta raramente consegue atravessar dignamente uma folha de papel e a letra lembra um bando de formigas que acabam de experimentar o cogumelo errado. E, ainda por cima, no fim de tudo, uma psicóloga sardenta, doutora Júnia Denise, ficou um bom tempo analisando meus rabiscos, não sei se encantada ou chocada com a placidez da minha loucura. Porque aparentemente sou um bom sujeito.

Com o Fraguinha, chefe de reportagem, a coisa não foi melhor. Clementino Fraga veio de umas dessas revistas de televisão e deve adorar espetáculo. Em poucos minutos deu para perceber a facilidade com que ele tenta arredondar, confeitar e servir para os leitores a chamada complexidade do real. Queria porque queria fazer de mim o seguinte personagem: o nosso padre-repórter.

— Mas eu nem sou mais padre, cara.

— Não importa, cara, não importa. Como é que diz lá a Bíblia: *tu es sacerdus in... para sempre...*

Primo José, é tão espertinho como o primo José, que também no aperto até da Bíblia se vale. A custo consegui que renunciasse ao rótulo padre-repórter. Mas logo veio com outra:

— Soube do sucesso da matéria de um padre americano aí, SOU PADRE E QUERO CASAR?

— Já disse pro Fagundes que...

— Calma. Não é isso. Viu o filme *A primeira noite de um homem*?

— Vi. Bonita, a música.

— E que tal uma matéria assim: A PRIMEIRA NOITE DE UM EX-PADRE?

Devo ter feito uma cara... Fraguinha se impacientou:

— Qual é, amigo. Tua vida agora vai ser um meu primeiro isso, meu primeiro aquilo... Jornalisticamente me interessa é o... *aquilo*, não posso negar.

Suspirou fundo, ficou um pouco me olhando e matutando, o que que eu vou fazer com esse cara. Mais ou menos o que eu estava pensando dele.

— Tudo bem — continuou. — Tudo bem... Mas a gente podia tentar alguma coisa nessas áreas assim meio... misteriosas da Igreja. A confissão, por exemplo.

— PADRE-REPÓRTER REVELA OS SEGREDOS DA CONFISSÃO?

— Por aí, por aí.

Percebeu a gozação e deu uma trégua. Concedi que a confissão, independente dos segredos, poderia dar, sim, uma boa matéria. Era questão de pensar. Mas senti que precisava ter uma alguma idéia para entrega imediata ou a viciada mente do Fraguinha ia continuar corvejando, como diz o gaúcho, em torno do meu pobre celibato, pronta pra bicar.

Fui salvo pelo Corinthians. Me ocorreu tão de repente que deve ter sido o Espírito Santo.

— Sabe o Corinthians?

— O que que tem o Corinthians?

— Sabe há quantos anos ele não é campeão?

— Quase vinte.

— Bom, e, pelo que eu sei, tem a maior e mais apaixonada torcida desta cidade. Já imaginou?

— O quê?

— O dia em que o Corinthians for campeão? O que vai acontecer em São Paulo? Esta é a matéria: imaginar São Paulo no dia em que o Corinthians for campeão. Uma reportagem assim de ficção científico-esportiva! Que esse título, pelo que eu entendi, já está virando uma coisa meio assim de ficção. Mítica.

Então o Fraguinha me encarou com um olhar que eu bem conheço desde os primeiros anos de padre naquelas machas fronteiras do Rio Grande. Nas cidades da serra gaúcha, povoada de italianos e alemães, o padre ainda é uma figura bastante integrada na comunidade. Já naqueles meus ínvios pagos, padres e freiras tinham na época funções bem restritas. Freira para cuidar dos doentes no hospital e das moças nos colégios, velando principalmente para que o produto não, digamos, se desvalorizasse antes do casamento. Padre para rezar a missa, batizar, fazer casamento, mantendo-se como uma espécie de eunuco existencial, principalmente em matéria de opiniões. Toda vez que, numa roda assim mais fazendeira, emitia eu um juízo assim mais forte sobre justiça social, futebol, economia, cinema ou mesmo, com todo o respeito, mulher, a turma logo me olhava como quem diz: *ué, mas a gente não tinha te capado*?

Com a mesma perplexidade do Fraguinha agora diante dessa história do Corinthians. Só que, além de meio chocado, ele parecia absolutamente fascinado com a idéia. Saiu pela redação mais algariado que caturrita de hospício, ou franga no primeiro ovo, não sei como o primo Poty diria.

— O padre teve uma idéia do caralho! O padre teve uma idéia do caralho!

Vi que Dráuzia ficou meio perturbada com essa combinação de padre e caralho numa mesma frase.

Aprovada minha primeira matéria, caí matando.

Caí matando. No segundo andar tive uma boa conversa com a turma de uma revista de esportes, no departamento de pesquisas mergulhei na história do Corinthians até saber todos os gols de cabeça que o Luizinho fizera entre 1950 e 1954, ano do último título do time. Voltei para a redação, reli a pesquisa, tomei notas, telefonei para velhos e novos corinthianos que os colegas iam me indicando, e na própria editora consegui trazer à tona muito fanático de luto calado por aquele longo inverno de títulos.

Preocupado, Pessoinha veio duas vezes me recomendar calma e nem reparei, como todos, na relativa minissaia amarela com que Maura veio nos visitar.

Lá da sua trincheira de fumaça a hirta Dráuzia me observava não sei se com pena ou simpatia.

Assim foi meu primeiro dia de trabalho em meu novo mundo. Febril.

Mas depois, no ônibus de volta pra casa, acho que até para me agarrar um pouco na minha vida pregressa, fiquei um bom tempo pensando, olha só, na confissão. Nos mistérios da confissão que o Fraguinha tanto queria que eu abordasse na matéria. E que nem existem. Nem existem. Nesses teatrinhos mambembes do interior tem sempre a história do padre que ouve a confissão do assassino e entra em parafuso: deda ou cala? Transido se debate enquanto na platéia o povo se comove inteiro. No palco funciona. No palco funciona. Na prática a coisa é bem mais anódina. Prudente, a Igreja providencia uma tal formulação técnica para nossos pobres pecados que, na hora, até os mais dramáticos perdem a cor. Com o pio intuito de ajudar no exame de consciência, chegou até a publicar um minucioso menu de pecados.

Uma vez um menino de uns oito anos me contou, por exemplo, que tinha cometido um adultério. Na hora confesso que me interessei, mais pelos aspectos técnicos do problema. Mas ele foi breve: "Ah, não sei, padre, é um pecado que tava num livro lá." Olha aí, olha aí. Pelo puro som confessara, pela pura pompa verbal do delito. Um pernóstico, um futuro pernóstico!, concluí. E na tentativa de livrar a humanidade de um dos seus mais lamentáveis chatos, os pernósticos, tasquei-lhe a mais pesada das penitências, pencas de pais-nossos e ave-marias, de joelhos num canto. Não sei se resultou, pernóstico é fogo.

Outra vez outro menino me disse que tinha cometido um pecado, sim, mas que esse jamais poderia confessar. Esse só se for Deus, ele foi logo avisando e vi, pela grade, com uma carinha assim de quem acabara de assassinar o último Kennedy. Tentei parlamentar, ele não quis nem saber. Esse só pra Deus, insistiu. Com muito jeito fui dizendo que, bem, eu trabalhava pro Homem lá em cima, era ministro d'Ele e tal, mas o menino nada, firme no crime. Só a muito custo terminou confessando: "Peguei uma borboleta, tonteei ela e mijei em cima até ela morrer." Esse era o crime. Todo o crime. E um dia um colega recém-chegado da Itália me pediu uma tradução aproximada para os seguintes três pecados de um gauchito bagual: "Dei um pedrada num joão-de-barro, peidei perto das moças e fiz xujêra solito."

Nesses casos, perdoar o quê?

Sorte minha que dois velhos sacerdotes me falaram duas coisas preciosas sobre confissão. Ainda no seminário, o cônego José Giacomini disse que a gente nunca deve se preocupar com isso de ouvir tanto pecado: de noite vem um anjo e apaga tudo. É a pura verdade. E outra vez, no interior da diocese, monsenhor Antonio Plotski me fez a seguinte advertência: "Confissão de homem é como derramar um saco de pedra no chão: é abrir a boca que cai tudo. Já a de mulher é como derramar um saco de farinha: sacudindo, sempre vem mais um pouco." O que, imagino, vale tanto para a confissão como para a vida em geral.

Mas não sei por que estou pensando nessas coisas agora neste ônibus, que penosamente tenta avançar pela avenida Marginal. São Paulo chove toda. Como viver numa cidade onde a seca é no inverno?, me pergunto ansioso, mas já meio desconfiando que minha ansiedade não vem da chuva nem do trânsito imóvel nos dois lados desse riozinho perdido, o Tietê. O que pra valer me bate é um repentino sentimento de desemprego na vida como missão, justo no fim do meu primeiro dia de trabalho. Os anos de padre e mesmo os tempos de cadeia ressurgem na chuva com uma graça e uma glória que nem sei se tiveram.

A cadeia. Meu Deus, a cadeia. A esta hora, pensei, a gente já tinha jogado futebol e estava tomando o último mate, redimidos todos pelo esfuziante banho coletivo, falando bobagens, analisando jogadas. Seu Noé, Bagual, Valdomiro, Péca, Elza Soares... Bagual uma vez me disse: "Como queira, seu padre, mas o pior é que o senhor ainda vai sentir falta disto aqui." A chuva cai, as sarjetas regurgitam, o ônibus não anda e eu de alma me belisco todo: não, não pode, não pode. Sentir saudade de cadeia deve ser o mais vil dos pecados. Não pode.

O trânsito agora já é um apocalipse completo e eu começo a assobiar baixinho aquela música dos Beatles, *Let it be*, um salmo pagão que nos últimos tempos muito tenho recitado. *Let it be...* Parece que para cada fase da nossa vida o destino providencia uma trilha sonora própria. *Let it be* tem me confortado bastante, mas sinto que vem carregada de um deixar correr meio cego, melancólico, cansado, europeu. Esses dias tentei mudar para o *Sem lenço e sem documento* do Caetano Veloso, que é também um *let it be*, um deixar rolar, só que com alegria, curiosidade, molecagem, trópico. Não consegui, não consegui. Para o Caetano acho que ainda não estou preparado. Também na cadeia só depois de um certo tempo consegui ouvir *Casa de campo* na voz, aquela voz de sanga, da Elis Regina. Só depois de certo tempo. No começo doía muito.

O ônibus quase não anda e o jeito é voltar ao *Let it be*, o límpido Caetano nessa chuva escura é que não vai funcionar mesmo. Mesmo o *Let it be* pra mim agora não é fácil. Depois de mais de 20 anos de Igreja, quem consegue deixar correr? A gente tem que estar sempre salvando alguma coisa. Nem que seja o Corinthians.

6.

O CORINTHIANS CUSTOU A MOSTRAR SUA VERDADEIRA face. Eu já tinha uma boa idéia da história do time e uma razoável antevisão da festa que ia se abater sobre a cidade no dia do sonhado título. Um coronel da PM me detalhou como seria o policiamento e outro, do trânsito, as providências mínimas que seriam tomadas. Ouvi os bombeiros, o pessoal de um pronto-socorro perto da Paulista e até um cardiologista que estava prestes a incluir o item *time pelo qual torce* na ficha dos pacientes, certo de que o coração corinthiano não só bate diferente como um dia será objeto de teses em congressos de medicina. Até mesmo algumas lendas tentei comprovar. Em conversa com gerentes de fábricas de automóveis da região do ABC, busquei dados concretos sobre a propalada influência de uma derrota do Corinthians em faltas e acidentes de trabalho nas manhãs de segunda-feira. Todos concordavam com o fato, mas números, que é bom, nada.

Então comecei a sentir que, a essa altura, o Corinthians que eu tinha em mãos não passava de uma profusão de dados sem rosto, uma História com maiúscula, sem coração. Não pode. Em caso de Corinthians, disso eu já tinha certeza, não pode. Então, à procura de corinthianos reais, me embrenhei pelos recônditos da Vila Prudente, Penha e Tatuapé. Naqueles confins me perdia. Uma vez, tarde da noite, não tinha a mínima idéia de onde estava. Foi quando, numas quebradas do Tatuapé, farejando aqui e ali, dei com o bar Póvoa do Varzim, cujo dono, seu Agostinho, era um português corinthiano desde os tempos do Camões. De cara percebi que o solo que pisava era sagrado e, como Moisés na sarça ardente, fui logo descalçando minhas pobres sandálias dos números, datas e estatísticas. O Corinthians que ali pulsava era enfim o que eu andava buscando. Do teto do bar pendia um garrafão de fina cachaça que, me jurou seu Agostinho, só seria aberto no dia em que o time fosse campeão e já tinha até um apelido bastante erudito: Sabin. É que no grande dia, me explicaram, ia dar só uma gotinha para cada um.

Aos poucos seu Agostinho me apresentou à pequena e desolada comunidade que ali se juntava à espera do Reino, do glorioso dia em que um raio nascido dos pés do Rivelino haveria de romper, uma a uma, as redes do Santos, do São Paulo, da Portuguesa e, sobretudo, do Palmeiras, para decretar o fim daqueles séculos de humilhação e opróbrio. Porque no coração deles pareciam séculos. Eu só ia recolhendo e anotando as histórias, mais de cabeça e coração, que achava meio sacrílego ficar anotando ou gravando tanto derrame de alma. Se bem que logo na segunda noite, um mecânico chamado Enoque com certo ar de superioridade me mostrou um gravador. Eu não podia acreditar: a cada jogo ele gravava a festa que era a entrada do Corinthians em campo e depois, durante a semana, ouvia tudo com a mesma devoção que a gente ouve Mozart, Beethoven, Vivaldi e aqueles arroubos do Haendel.

Encostado ao balcão um crioulinho magro e de olhos grandes, o Aldenair, nem precisava contar a sua história, ela estava espalhada em recortes de jornais pelas paredes. Numa final em que o Corinthians poderia ganhar o título ele uma hora não se agüentou. De joelhos, foi entrando no campo e, quando a polícia interveio, explicou: "Não me prenda, seu guarda, que eu vou ser campeão." Deu Palmeiras um a zero. Do enlevo do Povo de Deus ao adentrar a Terra Prometida depois do longo deserto a gente só sabe pelos salmos, mas o rosto do Aldenair nas fotos dava também uma boa idéia do que isso vem a ser.

Num canto, calado, seu Dozinho, mestre-de-obras. Me contou que um dia a mulher, cansada de tanto sofrimento inútil, radicalizou: ou eu ou o Corinthians.

— E o senhor? — perguntei.

Seu Dozinho ficou um pouco sacudindo a cabeça de olhos fechados e então falou:

— Eu só olhei pra ela e me deu uma pena...

Mas nem tudo era desolação. Mesmo na dor da espera tinham lá seus orgulhos. Orgulhavam-se dos mais modestos títulos, campeões de bocha, basquete, remo, peteca, tamanho de bandeira, no estádio aplaudiam até o anúncio da renda, já que a deles era sempre a maior. O fato é que essa torcida, mesmo em pleno deserto, era a que mais havia crescido nos últimos anos e honrava assim seu sagrado nome: a Fiel. Estóicos, viviam repetindo "esse é o nosso jeito de chegar lá" e depois das piores derrotas reacendiam a fé e a esperança com um mantra simples e definitivo: "É o Coringão, porra." E o mundo voltava a girar.

Do bar fui uma tarde visitar Elisa, a torcedora símbolo do Corinthians, que morava ali perto. A casa limpa e modesta era puro Corinthians nas paredes e nas prateleiras. O Corinthians é tudo o que a gente tem, ela me disse. Uma vizinha espevitada, dona Clotildes, fez questão de dar seu depoimento:

— Eu ouço com meu marido todos os jogos do Corinthians, e fico torcendo pelos gols: é a única ocasião em que aquele safado me abraça.

Senti que a minha primeira matéria estava ganhando eixo, coração. Chegava à redação tão esbaforido de histórias que Jangada, o fotógrafo, um dia comentou:

— Esse padre já não tá fazendo uma matéria, tá é trocando de religião.

Eu é que já não sabia o que fazer com tantos depoimentos de alta voltagem emocional e mística. No Tatuapé um velho espanhol me disse que, se não fosse pelo Corinthians, há muito tempo já teria voltado para a Espanha. Um cego, seu Didi, que em dia de jogo entrava no Pacaembu conduzido pela mão da noiva, Lúcia, me confidenciou: "Venho pela comunhão. Em gol do Corinthians todo mundo se abraça sem ver a quem. Em gol do Corinthians, moço, todo mundo é cego." Numa casinha humilde do Jardim Brasil vi um quadro do Coração de Jesus e de Maria sob duas flâmulas do Corinthians e ouvi a seguinte explicação: "Os melhor do céu e os melhor da terra." O dono de uma banca de jornal no Brás já lamentava que o dia em que o Corinthians fosse campeão não ia ser nem feriado porque o governador, Laudo Natel, é são-paulino e o prefeito, Figueiredo Ferraz, são-paulino. Aí se lembrou de que o arcebispo, Dom Paulo Evaristo Arns, é corinthiano, e concluiu, conformado: " Vai ser dia santo."

Na redação, são-paulinos metidos, palmeirenses rancorosos e mesmo algum corinthiano relapso abertamente duvidavam das minhas descobertas e ao meu passado religioso creditavam as histórias que eu contava, especialmente a do operário com gravador e a do cego com a noiva na torcida. Pai, perdoai-lhes porque não sabem o que dizem, eu só rezava calado. Não conhecem o Corinthians de dentro para fora. Vista de fora para dentro, toda fé é meio ridícula.

E, assim, eu ia em frente. No Templo São Gerônimo da Vila Frúgoli, um certo Pai Jaú, que por cinco anos foi capitão do Corinthians na década de 30 e há 48 anos é pai-de-santo, filho espiritual de Urundumba e Pai Davi do Congo, presidente de mais de cem terreiros em São Paulo, me garantiu que quem azara o Corinthians não é, como dizem, um sapo enterrado no campo dentro de um vidro de sal de fruta Eno, nem despachos de qualquer ordem: "O espírito mau que anda solto por lá se chama política interna."

Comecei a sentir falta de uma certa interpretação do mistério que era para mim essa paixão pelo clube, essa quase redução da vida às vitórias e derrotas de um time. Um analista junguiano se dispôs a me dar uma portentosa visão do futebol como metáfora do grande jogo da vida, como a última e transfigurada guerra sem sangue de um mundo futuro.

Fraguinha me desencorajou na hora. Ouviu meio distraído e no fim decretou:

— Interessantes essas teses, mas só serviriam caso a matéria fosse sobre o São Paulo, que é time de bacana. Com o Corinthians não vai funcionar.

Fiquei meio ofendido com isso. Já seria tão corinthiano assim? Depois foi o Pedro Monti, diretor de arte. Eu queria, para abrir a matéria, milhares de rostos corinthianos berrando um gol, o gol da redenção, e um título seco e simples: CORINTHIANS CAMPEÃO. Pedro achou a idéia interessante, mas explicou que a empresa ainda não tinha condições técnicas para publicar uma foto assim.

— Condições técnicas pra quê? — perguntei nervoso.

— Pra botar dente na torcida do Corinthians — ele completou, cruel.

Eu pensava na turma lá do bar Póvoa do Varzim e ia me irritando com essas, como diriam meus acusadores no Tribunal Militar, aleivosias contra o Corinthians.

Inconscientemente reagi começando a matéria com um vibrante panegírico histórico e cultural do time. De berço popular no Brasil, fundado em 1910 por cinco operários numa barbearia do Bom Retiro, trata-se do Corinthians, bradava eu, de um time com claras origens britânicas, posto tomou o nome de uma equipe inglesa que por aqui andou no início do século. Além do mais, continuei, é time de sólidas raízes clássicas já que Corinto, donde vem coríntios, ou corintianos, é uma das mais nobres e valorosas cidades

— É, vou.

Eu não sabia direito o que era *cash*, na hora me soou como algo assim meio primo do *follow-up* daquela outra moça, mas tudo bem. Quando soube que eu nunca tivera conta em banco e nem jamais havia passado um cheque, o Fraguinha murmurou: "Meu Deus, mas a sua virgindade é bem mais generalizada do que eu pensava."

A moça começou a contar um monte de dinheiro, sempre com aqueles olhos azuis e aqueles dedos finos, etéreos, e eu me perguntando quando é que esses pequenos encantos dispersos um dia se concentram num só, grande, avassalador. E que mania boba essa de viver me perguntando diante de qualquer moça mais assim que aparece: será essa? E, quando for, como será?

— O senhor tem uma bolsa?

— Não.

Ela pegou um enorme envelope amarelo, usado, desbeiçado, enfiou a dinheirama dentro e me entregou.

E assim fui descendo a rua Augusta com um saco de dinheiro na mão, me sentindo um pouco o Pedro Malasartes daquela história do pássaro da rainha. E, como andava meio mal de roupa, fui descendo a rua, entrando numa loja aqui e outra ali, cada uma mais fina que a outra. Não sei por que aquela minha primeira grana me pesava tanto. Felizmente eu estava na rua certa, pois quando cheguei lá embaixo, na Estados Unidos, meu saco de dinheiro já estava bem mais leve. Deus sabe o que faz. Mas as lojas, vamos reconhecer, eram finas até na arte de imitar a vida, meu primeiro jeans, por exemplo, já veio desbotado e tudo. Numa delas, com demasiado fervor devo ter rejeitado uma camisa de colarinho rabão, tipo Mao Tsé-tung, porque foi com certa impaciência que a moça lá perguntou:

— Mas, afinal, o que que senhor tem contra gola-padre?

Ah, minha filha.

Meu primeiro apartamento e o meu carro foram rapidamente solucionados, como disse, no departamento de arte da revista. Do assistente, Alberto Cafiero, herdei uma quitinete com cozinha e banheiro separados na rua Cesário Motta Jr., região de vida airada, e do diretor, Pedro Monti, um fuscão azul em bom estado e boas condições de pagamento.

Minhas noções de direção se revelaram boas junto ao Detran e, no exame, sou capaz de jurar que um anjo do Senhor fez a baliza por mim. No mais, mergulhei, por que não dizer, nessa adolescência toda do primeiro carro. Por precaução, treinava principalmente à noite. Me disse Jangada, o fotógrafo, que em São Paulo nem precisa saber dirigir, é só se deixar cair na loucura que ela te leva.

Eu me deixava levar. Em geral, seguindo o carro mais sensato à minha frente. Uma noite me dei mal. Lá ia eu colado num provecto Santana cinza pela Paulista afora, atrás dele dobrei na Frei Caneca e logo tentei fazer o mesmo na abrupta esquina seguinte, só que era a garagem do prédio do homem, que deve ter imaginado, sei lá, um assalto, porque se pôs a buzinar tão histérico que o porteiro e dois seguranças logo me cercaram. Eu não sabia como explicar. Na dúvida, eles desistiram de chamar a polícia. Na ré mais humilhada da minha vida ainda raspei o paralama no portão dos caras.

Duas noites depois, meu primeiro cinema de carro, ali na Augusta para o lado do centro. Na saída, dez da noite, quem disse que o fuscão pegava? Mais apavorado fiquei quando um travesti de uns três metros de altura apareceu não sei donde e gentilmente me disse pela janela que agora só no tranco, boneco. E convocou o resto da turma que emergiu das sombras e veio dar uma mão. Eram uns cinco, todos de minissaia e saltos muito altos, devia ser moda. Entre gozações de toda ordem se puseram a fazer força e só imaginei como seria, vista de trás, a cena daquela trêfega tropilha empurrando meu fuscão. Ah, se alguma senhora da paróquia visse. O fuscão, esse só foi parar lá embaixo na praça Roosevelt, e tive a impressão de que pegou em pleno ar.

Adoro é dar carona. Nisso estou me tornando um oferecido completo. Boas conversas tenho tido com o pessoal da editora nessa intimidade repentina que o carro propicia em meio ao caos em volta. Anda um filme aí chamado *Se meu fusca falasse;* pois o meu, ouve. Já é quase um confessionário, a turma, mal entra, já vai contando coisas. Não fosse uma carona dessas, eu não teria conhecido melhor, por exemplo, uma assistente de arte da revista ao lado, Priscila, que nos fins de semana é também empetecadora de noivas. Ou não sei como se diz, mas o fato é que um pouco antes do casamento ela vai na casa da noiva e, do vestido aos cílios, faz uma completa arte-final. Um dia chegou lá e a noiva morava num casarão sombrio, espécie de pensão de moças. Num dos quartos, uma noiva perplexa com seu grande vestido estendido sobre a cama. Priscila fez o que pôde e no fim perguntou: "E agora, alguém vem te buscar?"

"Não, vou de táxi." Priscila ficou chocada e foi até um ponto na esquina, escolheu o maior carro, um Santana, e explicou para o motorista a situação. O homem não só entendeu como a primeira coisa que fez foi tirar de cima do carro aquela cinta que diz "Táxi". E lá se foram os três. No caminho, o motorista ainda passou pela casa dele, subiu e voltou mais bem penteado e vestindo um blazer azul de botões dourados. E assim, com um mínimo de dignidade, subiram os três as escadarias da igreja. A cena se passou ali pela Aclimação, ou Cambuci, e eu gostaria de saber onde fica exatamente o ponto desse motorista. Pressinto que algumas pessoas ou situações vão me dar um dia uma vontade danada de ir lá e dar um abraço nele.

Mas minhas primeiras duas caronas não foram tão felizes assim.

A primeira nem foi tão oferecida e é quase impublicável. Lá vinha eu uma noite subindo a Consolação quando, num farol, uma jovem prostituta abriu sem mais a porta e sentou ao meu lado tão sinceramente angustiada que eu nada pude fazer. Ela disse que precisava urgente dar uma volta pelos hotéis da região em busca da irmã. Deu a entender que a irmã era nova na zona e, em vez de trabalhar, ficava aí "saindo com boyzinho". Lá pelo quinto hotel onde a irmã supostamente deveria estar, e trabalhando, ousei perguntar como é que ela trazia a própria irmã para a zona.

— Ué, o que que o senhor queria? Tava dando de graça pro bairro inteiro. Pelo menos que venha dar aqui para me ajudar a pagar as contas. Somos sete.

8.

A MATÉRIA CORINTHIANS CAMPEÃO FOI, PODE-SE dizer, um sucesso. As seções de esportes de dois jornais diários entraram na brincadeira, alguns até proclamavam o sonhado título para logo explicar que não passava de ficção. Uma nota era bem específica: *Ex-padre dá campeonato ao Corinthians.* O texto começava assim: *O que inúmeros pais-de-santo não resolveram...*

Com certa apreensão fui levar alguns exemplares da revista lá no bar do seu Agostinho, mas parece que ninguém se incomodou de ter sido citado e, no fim, senti que um eucarístico rabo-de-galo bebido com seu Dozinho me sagrou corinthiano para sempre. A revista vendeu bem nas bancas e só o chato é que eu me tornei na redação uma espécie de filho do dono. Nas grandes empresas o filho do dono não é aquele que passa por todos os setores para tomar pé do negócio? Foi um pouco o que aconteceu comigo.

Passaram a me dar pequenas matérias e complementações sobre as mais variadas pautas.

Às vezes, desconfio, com certa maldade. Como quando Fraguinha quis me envolver numa matéria sobre a Barbie, uma boneca comprida e loura que está virando moda. Dessa consegui cair fora. Porque se lá em Bagé chegam a saber, me demitem do município. De outras não deu para me livrar, como quando me mandaram com o Jangada entrevistar no Rio um famoso empresário de shows de mulatas, que andava meio complicado com as mulheres porque, ao anunciar suas moças, dizia que elas, além do mais, "até falavam". A tal ponto coisifica as mulheres, chiavam as feministas.

Lá fui eu ouvir o homem na minha, ai meu Deus, primeira viagem de avião na vida. Avião modo de dizer. Era uma carreta de asas chamada Electra II, que do nariz ao rabo ficava o tempo inteiro tremendo, penosamente repechando coxilhas de nuvens num vôo fremente, exasperado, de marreca no choco, como diria o primo Poty.

O encontro foi no apartamento do tal mago das mulatas. Ele nos recebeu com duas mulatas enormes e minuciosamente decoradas para participar de um comercial. O homem não era lá um grande pensador, parece que as moças eram tudo que tinha para dizer, e, político, sugeriu que fôssemos todos almoçar ali perto numa churrascaria, que é o tipo de lugar, deve ter pensado, pouco propício à filosofia e ao feminismo.

Ah, se meu bispo visse. Ah, se meu bispo visse. A minha entrada na churrascaria. A minha entrada na churrascaria comboiando aquelas duas mulatas sem fim. Porque o empresário delas, esse conhecia todo mundo e logo na entrada ficou preso em abraços e saudações. A mim só restou ir em frente por entre as mesas com aquelas duas criaturas ao lado. E é nessas horas que se vê como a humanidade é. Quedou-se a homarada ali presente de olhos nas duas mulatonas? Não, senhores jurados. De forma alguma. Ah, mas de forma alguma. Ficaram todos foi de olho em mim. Que que esse padreco tá fazendo ali?, pareciam fuzilar, uníssonos. E eu de fato ali, sozinho. Jangada, o fotógrafo, também não sei onde se metera, o que até foi bom, imagina se me fotografa naquelas circunstâncias. Cheguei a prever até a legenda do Fraguinha: "Padre-repórter se dá bem no Rio."

Bom, felizmente as moças sentaram, seu chefe juntou-se a nós e todos os machos em volta a contragosto retornaram às picanhas e maminhas previstas no cardápio. Desiludidos. Porém, mais desiludido logo fiquei eu. Sim, acho que vivi ali, naquela mesa de churrascaria, minha primeira grande desilusão erótica na vida. A certa altura, encorajado pela caipirinha, observei melhor o joelho (joelho, tudo bem) de uma das mulatas. Pois acreditam que aquelas vastas pernas de peles morenas, perfeitas, não passavam de pura e finíssima meia de seda? Eu não podia acreditar. Eu não podia acreditar. *Sic transit gloria mundi*, cristãmente pensei. Assim passa a glória do mundo. É o que os novos bispos são obrigados a dizer na cerimônia de sagração enquanto apagam simbolicamente uma vela. Isso, claro, no tempo em que ser bispo era uma glória.

Para completar, à noite tínhamos uma entrevista com um emérito cronista social, um turcão alto, bonito e de olhos verdes. Maneiroso, impecável no seu blazer azul de botões dourados, um puro-sangue deste outro mundo onde agora me encontro, isso até eu logo percebi. Ele nos convidou para jantar num restaurante metido a francês, Le Bec Fin. Eu por sorte ainda tinha uma camisa escura de mangas compridas, espólio do meu salário na rua Augusta, e enganava um pouco. Jangada nem aí. Nem aí. Foi de jeans, tênis e uma camiseta cheia de coisas em inglês. Ele se orgulha de ser, como diz, da perifa (periferia), olha o mundo de uma forma sobranceira e quando se sente enrolado vai logo interrompendo: "Pra cima de *moi*, amigo? Nasci na zona, cara, nasci na zona." O engraçado é que num programa de televisão o tal cronista costuma assim se desculpar da sua superioridade: "Sorry, periferia."

Sorte que, por instinto, Jangada acertou direitinho nos copos e talheres e a tudo olhava com um desdém divertido, perifa. Acho que, para ele, aquilo tudo não passava de um rango incluído no trampo, ou coisa assim. E nosso famoso cronista mundano também parece que nem aí para nós. Não parava era de cumprimentar quem chegava ou saía e de vez em quando anotava alguma coisa num caderninho verde. "Jornalista, meu jovem, é um ser que anota", me confessou. Vagamente se interessou pelas minhas perguntas sobre sua, digamos, visão de mundo. Deviam ser, para ele, claramente, questões de periferia. No fim do jantar, mais bem editado que bom, tirou do bolso uma caixinha de prata, abriu e tomou dois comprimidos brancos. A caixinha ficou sobre a mesa e uma hora lá, enquanto nosso anfitrião atendia admiradores, Jangada a destampou na maior, examinou o conteúdo e me cochichou com desprezo:

— Luftal.

Sic transit gloria mundi, pela segunda vez no dia fui obrigado a dizer. Senti que lá do fundo daquele elegante porta-Luftal de prata uma crassa metáfora sobre as glórias deste mundo me acenava, mas, no doce torpor do vinho, deixei pra lá. A burguesia sabe o que faz.

Antes de dormir, fiquei um bom tempo olhando o Rio do 20º andar do nosso hotel em Copacabana. O Evangelho nos conta como uma vez o demônio elevou Jesus até o pináculo do templo, lá do alto mostrou-Lhe seus reinos faiscantes de ouro e vaidade, e disse: "Tudo isso Te darei se prostrado me adorares." Tenho a impressão de que, inconscientemente, a revista me enviou ao Rio para de alguma forma me submeter também ao fino feitiço das glórias deste mundo, a cidade em si, o esplendor da carne no caso das mulatas e o crepitar das vaidades em torno do cronista mundano. Bom, acho que me saí bastante ileso de tudo, no que vamos reconhecer, fui bastante ajudado pela meia das moças no almoço e, à noite, no jantar, pelo Luftal do cronista. Detalhes nos perdem, mas também nos salvam.

Fiquei impressionado, isso sim, com o Rio em si. Que cidade, meu Deus. Que cidade. O modo como espreguiça toda naquela túrgida geografia de seios, ancas, matas, colos e nádegas. E aquelas praias curvas, aquelas areias pubianas, meu Deus.

Ainda conseguimos pegar a última ponte aérea para São Paulo. De novo o Electra, de novo aquela ansiosa exasperação de latas. Só que agora foi pior. Choveu o tempo inteiro e São Paulo nos esperava embrulhada num céu de apocalipse. Jangada ao meu lado sonhava, de boca aberta, com o Corinthians. Já eu, xiru de primeira viagem, não podia imaginar como é que o avião ia romper aquela compacta cordilheira de nuvens negras. De repente, não sei como, conseguiu. Prédios, luzes, ruas e carros iam brotando entre névoas, outro planeta. E aí, presenciei um milagre: num nítido quadrado verde em meio ao caos, vinte e duas criaturas simplesmente jogavam futebol. Devia ser um clube ou coisa assim. Dava para ver muito bem os jogadores correndo pra lá e pra cá, absolutamente invulneráveis aos fragores da noite. Diz a Bíblia que em respeito a dez justos poupou o Senhor Sodoma e Gomorra. Com uma grande sensação de alívio senti que o mesmo faria Ele agora em atenção àqueles vinte e dois lá embaixo, boiando incólumes no fundo da noite, como peixes num aquário, pra lá e pra cá atrás de uma bola. Claro que a bola apenas se imaginava e não sei se foi o uísque da Varig ou o simples delírio de primeira viagem, mas juro que de repente viajei até as cercanias de Órion e de lá vi todo este nosso planeta também como um aquário boiando no espaço, também inocente da grande noite lá fora, e onde a humanidade também não parava de correr, pra lá e pra cá, num futebol sem fim e sem bola ao certo.

Desses arroubos fui despertado por um tremendo baque seco sob os pés. Era o Electra vagindo enfim seus aços na pista, o Jangada acordando e todos nós das trevas renascendo, justo é o Senhor, aleluia, *magnificat anima mea Dominum*.

9.

ESSA AGORA. DEI DE CISMAR QUE O PESSOAL NA EDITORA anda perpetrando insinuações sobre a minha virgindade. Às vezes a coisa é grossa e tudo bem. Esses dias uma negrona alta e faceira, secretária de uma revista de auto-esporte, vistosa, pernuda e cheia de platibandas, me tratou com muita simpatia no elevador e, mal ela desce, o Jangada me adverte:

— Cuidado, seu padre. Essa lhe dá uma chave de coxa que o senhor vai pedir para voltar pra Igreja correndo.

Depois foi um boy, o Paquinha, que sem mais me prestou a seguinte informação sobre uma datilógrafa gordinha do terceiro andar:

— Essa dá por pizza.

Assim. Curto, grosso e claro, e tudo bem.

O pior são certas ilações que eu, de cismado, acho que invento. Como quando me mandaram explicar a revista para as meninas de um colégio (até isso me pedem), eu pra lá e pra cá meio nervoso (com a missão, não com as meninas) e depois a dona Gilcemar, a secretária da redação, assim sem mais me diz:

— Calma, reverendo. Água vigiada não ferve.

Claro que a conotação erótica disso eu só posso estar inventando. Só posso estar inventando. Ninguém ficaria o tempo inteiro preocupado com o meu ex-celibato. Deve ser impressão. Se bem que ontem no elevador a sobrinha de um dos donos da editora, e ainda por cima vice-presidente de um negócio chamado relações corporativas, me olhou como quem diz: *ah, é esse?* Estará a minha virgindade se constituindo um problema administrativo da empresa?

No que me toca, procuro ser o mais discreto possível acerca da minha vida pessoal, especialmente no trato com as mulheres, mister para o qual fui longamente treinado. Não dou bandeira, como hoje se diz. É com muito cuidado que, do meu canto, observo, por exemplo, o incessante desfile de moças pelo corredor. Duas particularmente me abalam, a Pássara e a Cavala. Digo Pássara porque essa, ao passar, se esvoaça toda, cabelo, tronco, membros e até o sorriso. E Cavala porque essa é toda empinada, caminha firme e a boca, os dentes concentram um relincho que poucos machos, penso, teriam coragem de enfrentar. Sobranceiras, as duas. Nem o Jéfferson se mete muito com elas. Imagina eu. Mas fico muito abalado quando passam e tenho medo de que percebam. Talvez ajudasse saber o nome delas, que sou muito sensível a texto, e nome é texto. Se a Pássara, por exemplo, se chamasse Sonja ou Sula, bem que perderia um pouco do seu vôo. E se a Cavala fosse Marluce? Já não ia causar tanto o tropel que causa. Mas não vou fazer uma coisa dessas com as moças. Pássara e Cavala, está bom assim.

E, depois, elas simplesmente passam ao largo. Quem chega, senta e vai perguntando coisas é uma tal de Dionísia, supersecretária lá no andar da presidência. Digo super porque ela é alta e toda reforçada: ombros largos, peitos largos, roupas esvoaçantes: quando passa parece, sozinha, um cortejo, um frufru de guizos e guirlandas agita os ares. E, no meu caso, chega como quem vem conferir mais um animal no plantel, só falta examinar os dentes. Não sei por que encasquetou comigo nem donde lhe vem toda aquela segurança, aquela soberania, aquelas bochechas sempre róseas de satisfação, aquele perpétuo sorrisinho de mulher que consegue o que quer. Pessoinha diz que ela é tão erótica como um torneio de sumô ou um desfile de modas. Radical como sempre, Barbato esses dias me deixou na mesa um livro, *Noções de tauromaquia,* com o seguinte bilhete: "Para o caso de ela tentar alguma coisa." Felizmente foi logo demitida lá em cima, parece que por excesso de autoconfiança, auto-estima e autocontrole. E uma certa falta, imagino, de autoconhecimento.

Na redação em si dei bastante sorte, geograficamente falando. Imagina trabalhar perto da Maura ou similares? Minhas colegas mais próximas, Myrtes e Lília, são duas misteriosas criaturas que trabalham para uma empresa que presta serviços de datilografia, a Prodáctil.

Myrtes deve ser espiritualista, para dizer o mínimo. Com a maior naturalidade vive se referindo às miríades de entidades boas ou nocivas que dia e noite nos cercam. Veste-se de um jeito bastante crepuscular e, qualquer coisa, crava na gente uns intensos olhos negros e sorri como se já soubesse. Que sabe ela, meu Deus? Nem sonho, mas às vezes sorri compungida como se há muito já tivesse sido avisada. Um dia começou a atribuir seus problemas de incerteza e solidão a um casamento complicado, onde nem um marido na guerra faltava.

— Que guerra? — reagi. — E tu não é solteira?

Ela baixou os olhos, modesta, e, paciente, explicou:

— Não, meu amigo. Não foi nesta encarnação.

Acrescentou que somos todos muito imediatistas e terminou perguntando:

— Por que você não fala com a Lília?

Agora sim, pensei. Agora sim. Essa Lília, a outra datilógrafa, é uma loirinha tênue, quase transparente, com uns vagos olhos azuis que parecem que já vão ver Nossa Senhora em cima da azinheira. Hoje até que anda bem, mas dona Gilcemar me insinuou que Lília já se matou várias vezes. Se salvou todas, parece que nem a morte dá direito com ela. Pessoinha a chama de Bicho d'Água, diz que ela praticamente não existe, mas adverte: "Cuidado com esses anjos, padre: são as piores." Difícil saber. Às vezes parece que Lília não passa mesmo de dois olhos azuis boiando entre as brumas deste infausto mundo. Qualquer coisa fica toda cor-de-rosa, vaso translúcido prestes a romper-se. A turma aqui tem opiniões bem contraditórias sobre ela. Jéfferson, nosso produtor gráfico, macho alfa da manada, olha-a com cara de quem pergunta quem transaria com isso. Já eu acho que uma tarde Deus não sabia se brincava de origami ou ikebana e foi e fez a Lília. Claro que não falei isso pra ninguém.

Bom, mas que teria essa matinal criatura a ver com a crepuscular Mirtes? Pois não é que, induzida pela amiga, Lília andou se metendo numa tal de terapia das vidas passadas, segundo a qual nossos traumas presentes não passam de conflitos mal resolvidos em existências anteriores. Lília descobriu que, numa encarnação dessas, fora religiosa num convento muito rigoroso e um dia... Ficou toda cor-de-rosa e não conseguiu terminar. Essa é boa. Essa é boa. Se o Fraguinha ouve. Se o Fraguinha ouve, olha a manchete: FREIRA DE VIDAS PASSADAS ENCONTRA EX-PADRE NA VIDA PRESENTE.

Mas tergiverso. Tergiverso com minhas amigas datilógrafas. Elas me perturbam um pouco, mas só assim, digamos, metafisicamente. O pior, já disse, é a Maura, da revista ao lado, que em má hora vive nos visitando. Sempre animadona, animaldona, sei lá. A perfeita índia dos nossos sonhos que, em matéria de índias, gozam de um Xingu próprio.

Ontem, segunda, Maura veio nos visitar com uma saia curta amarela, recém-chegada da praia, a pele ainda banhada de ventos solares e agravada por pelinhos crestados que não acabavam mais. Eu ainda fui meio treinado para fazer que não vejo, mas sinto que, nessas horas, todos os machos em volta uivam transidos contra luas de néon, meio feridos no seu orgulho e tacitamente convictos de que assim não dá, alguém tem que fazer alguma. E nesse ponto, vamos reconhecer, o Jéfferson lidera folgado as tácitas pesquisas de opinião.

Jéfferson, nosso produtor gráfico, ou reprodutor, como diz o Pessoinha, é de fato o mais preparado. Tem porte atlético, bigodinho assertivo, "Karmann-Ghia" vermelho e, para início de conversa, um isqueirinho dourado, comprido, freudiano. É sobremaneira admirável o misto de solicitude e superioridade com que acende o cigarro das moças. E o tom com que, ao cair da tarde, diz *fofa* e *gatinha* ao telefone? Fico só observando. O *fofa* soa túrgido e o *ti* de *gatinha* lembra aquele *i* meio agônico dos franceses, aquele do biquinho. Vou confessar. Uma noite, fechado na minha quitinete, bem que tentei imitar na frente do espelho alguma coisa do estilo Jéfferson de ser, já que este agora é o meu mundo. Nem cheguei perto. Mas nem cheguei perto. O cara é incrível. Esses dias, num restaurante, vi ele conversando com uns amigos enquanto enfiava petiscos na boca da moça ao lado, sem nem se voltar direito, como se ela fosse uma arara no seu ombro. E ela adorando. O cara é incrível. E de tudo tira partido. Da voz, do bigode, do passo confiante, do simples isqueirinho dourado que em suas mãos se transforma num torpedo capaz dos maiores estragos nas mais encouraçadas almas femininas. Já observei.

Por isso todo mundo ficou perplexo quando Maura apareceu de sainha amarela na redação, ameaçou fumar perto do Jéfferson — e sacou antes. Sacou antes. Um isqueirinho Bic de nada, lépido e liberado. Jéfferson ficou meio perdido com o seu, de ouro, no ar, ainda que na mais cabreira superioridade, como é do seu feitio.

Isso feito, Maura veio ancorar justo onde?

Na minha mesa, gente, de sainha amarela e, como disse, ainda crepitante de sol. Soberana, apoiou a coxa na ponta da minha pobre mesa e ali ficou. Por uns instantes eu não sabia o que fazer ou mesmo raciocinar. E experimentem vocês com a coxa da Maura àquela distância. Aquilo nem era coxa, era o dedo de uma deusa suméria te escalando: é você. Eu, minha senhora? Tinha a impressão de que todos me olhavam, como quando adentrei com as mulatas do Sargentelli a churrascaria. Nem sei direito o que falamos, e sei que é feio dizer, mas no fundo a gente torce para que mulheres assim caudalosas sejam um pouquinho limitadas de cabeça, só para colaborar, mas parece que nem era esse o caso de Maura. Só sei que depois, junto à máquina do cafezinho, o Jéfferson me perguntou num tom assim de gravidade contida:

— Qual é, pô?

Eu só falei:

— Pois é, cara.

Não sei o que ele quis perguntar, nem direito o que eu respondi. Felizmente a comunicação moderna nos propicia esses confortos. E eu nem poderia assim sem mais citar para o Jéfferson meu salmo preferido, aquele que diz que de nada adianta levantar antes da aurora e até alta noite laborar porque o Senhor dá aos que ama enquanto eles dormem. Dormem com quem, porra?, ele era bem capaz de perguntar. Ele vê tudo por esse lado.

Passei a tarde de alma meio crestada pela visita da Maura. Para compensar, terminei o dia conversando com seu Ferrarini, que em si é nosso revisor sênior, mas exerce também função de nosso, digamos, desembargador-geral de teias burocráticas. Que jornalista, já deu pra ver, sabe quantos morreram ontem no Vietnã e pouco ou quase nada sobre o seu, digamos, Fundo 157. Seu Ferrarini é o contrário. Sabe o que importa acerca dos nossos mais próximos inimigos.

Essas humildes alíquotas de viver ele as saca todas, pis, paseps, trus, sus, ipvas, inefs, iapas, renavans, direitos dos condôminos e segundas vias em geral. Olha o governo como um inimigo pessoal, cujos movimentos diariamente vigia. Seu lema é: a mim eles não pegam. E a todos nós muito ajuda a não pegar também. Com prazer, com visível prazer. Magrinho, comprido, meio corcunda, olhinhos implacáveis por trás dos óculos pesados e na boca chupada um perpétuo risinho de quem vai botar sapo no quarto das moças, José Ferrarini Júnior é o grande mestre das pequenas causas deste mundo. Rábula maroto, protetor dos aflitos, esperança dos mutuários, glória da cidadania, anjo do consumidor, não se cansa de nos ajudar. Um verdadeiro libidinoso de adendos, incisos, disposições complementares, expedientes legais, brechas na lei. Duras são as leis deste mundo, mas seu Ferrarini bem conhece, uma a uma, todas as disposições complementares. Assim que, no Juízo Final, não se preocupem. Lá estará seu Ferrarini levantando o dedinho magro e pespegando na cara do Altíssimo o inciso que a todos nos salvará.

Um pouco porque precisava, um pouco para neutralizar a visita de Maura, ouvi dele uma aula completa sobre direito trabalhista (ainda não sou registrado em carteira), a conveniência de já ir descontando para o INPS como autônomo e as vantagens de começar a investir logo numa aposentadoria privada.

Mas é tudo muito complicado. Ao abraçar o sacerdócio, renunciei ao mundo e suas vaidades, mas também, só agora eu percebo, às suas vãs burocracias. É uma vantagem, uma grande vantagem. Inscrever-se neste mundo não é fácil.

10.

É TRISTE, MAIS DO QUE NUNCA PRECISO DE RAÍZES, MAS sinto que minha vida paroquial e gaúcha vai ficando cada dia mais distante. O máximo que faço é trocar uma genérica e temerosa correspondência com Faiéco, Micaela, meu pai, minha irmã e o primo Poty. Eles que não se ofendam, mas sabe de quem mais sinto falta nesta nova vida? Do meu amigo Cruzeira lá da cadeia. Numa de suas cartas, São Paulo inclui o discernimento entre os dons mais preciosos do Senhor. E com razão, com toda razão, que a maior parte da nossa vida a gente parece que avança tateando na névoa. Discernir, ver o claro no confuso, o límpido no turvo, o que aparece e o que está por trás, eis aí, irmãos, um dom realmente precioso. O Cruzeira lá na cadeia era assim. Um sensitivo do discernimento. Quando sobre alguém ou alguma situação tascava, meio gago, o seu clássico, *.udeu, cara, .udeu* é porque a coisa ia ser complicada mesmo. Me lembro tão bem. A gente sentado no pátio, eu de costas para o portão. Quando, depois de um rápido olhar, Cruzeira dizia "visita para o senhor, reverendo", era porque tudo bem. Quando simplesmente rosnava *.udeu, cara, .udeu,* é porque lá vinha um chato ou coisa pior. E tudo gente que ele estava vendo pela primeira vez. O quanto eu gostaria agora de ter ao meu lado o Cruzeira, o quanto não pagaria por seus veredictos.

Por outras vias Fagundes tem um pouco do Cruzeira. Pena que já esteja de pé no estribo para os pagos. Com que pungência ele me diz às vezes que já "cumpriu São Paulo", como se esta cidade fosse uma espécie de serviço militar existencial que todos temos de prestar. Fagundes gostou de me ouvir dizer que, com sua partida, eu ia perder meu compositor por aqui. Na campanha gaúcha, compositor é o sujeito que, da alimentação aos treinos, prepara o cavalo para as grandes carreiras. Fagundes entendeu logo e disse que há uns vinte e tantos anos não ouvia essa bela palavra.

Com o Fagundes por aqui a coisa ia ser outra, tenho certeza. Um Cruzeira mais cerebral, mas que também enxerga rápido e claro, isso já deu pra perceber. Ontem mesmo ali na Doutor Arnaldo, lá ia eu dirigindo meu bravo fuscão azul e ele ao meu lado desenvolvendo não sei por que a seguinte teoria: no terror das grandes indecisões, dizia, o que a gente às vezes mais quer é que alguma coisa aconteça — e nos liberte. Nos salve daquilo que na vida é o mais doloroso neste mundo: decidir. No carro ao lado um bigodudo pomposo discutia feio com uma mulher igualmente empertigada. Ela tinha um buquê de rosas no colo e toda a cara de ser a mulher dele. Por alguma razão as rosas parece que não tinham funcionado. O bigodudo de repente enfiou sem mais o seu Galaxie verde na frente do meu fuscão. Calma, disse Fagundes, calma que o palmeirense aí só está querendo provar a minha teoria. O sinal abria e o carro deles demorava a partir. Em dois faróis a mesma coisa, eu já me irritando, o Fagundes pedindo calma. Logo entre nós se interpôs o vibrante Corcel vermelho de uns boyzinhos. A cena se repete. O farol abre e o Galaxie não se move da frente do Corcel. Os meninos buzinam, desesperados. O bigodudo reage. Xingam-se cada vez mais pesadamente. E então o bigodudo desce do seu portentoso Galaxie, puto, livre, feliz, pronto para a briga. Fagundes só me olhou com uma cara de *eu não disse*?

Eu quase não podia acreditar em tanta coincidência entre teoria e prática. Vi que a briga ia longe, desviei o fuscão por cima da calçada de um cemitério e tomei o rumo do Pacaembu.

Era um sábado à noite e íamos à festa de uma amiga dele, antiga jornalista, rica recente. Eu meio a contragosto, mas Fagundes insistiu que podia precisar de mim para o caso de uma retirada. Mal chegamos e até eu percebi que a festa era meio de risco mesmo. As pessoas todas pareciam muito à vontade, só que num palco. Uma fauna danada. A única menina interessante a um segundo olhar tinha uma cara assim meio de raposa. Não, raposa não. Husky, husky siberiano, aquele cachorro que tem a cara meio tomada pelo azul quase humano dos olhos. Assim era ela: o nariz e o queixo meio puxados para a frente e lá no fundo, gelados, os mágicos olhos azuis. Praticamente não olhava, farejava as pessoas. A mim farejou umas duas ou três vezes, mas parece que não viu grande coisa, o que me deixou bastante aliviado, eu nem saberia o que fazer com um animalzinho daqueles. Se bem que, na minha incipiente vaidade, por uns segundos quis saber por que exatamente eu não fazia parte da sua cadeia alimentar.

Nos refugiamos, Fagundes e eu, nos vastos sofás de um jardim-de-inverno onde pontificava uma certa Anna Izabel, uma mulher alta, bocuda, classuda, ossuda, ossuda até nos óculos, e que ao se apresentar foi logo avisando:

— Anna com dois enes, por favor, e Izabel com z.

Deu a entender que quando escreviam Ana com um n só ela se sentia praticamente nua. Izabel com s, imagino, nua completa. Disse também que morava na rua Avanhandava, mas na parte nobre da Avanhandava. Não fosse a gente confundir. Concordamos todos e, olhando bem, acho que ninguém ali tinha a mínima vontade de vê-la nua de um n e muito menos morando naquela parte da Avahandava que, até eu sei, é uma cantina atrás da outra. Tentamos mudar de assunto, mas Anna Izabel não tinha acabado com suas glórias. Contou que vivera uns tempos em Nova York, perto do Central Park, onde conhecera Tom Wolfe, Noam Chomsky, Harold Bloom e outras figuras que em nada destoariam da parte mais alta da Avanhadava. Nas poucas vezes em que se dirigia aos nativos em volta, Anna Izabel tinha um certo dom de confundir. A mim, por exemplo, perguntou por que eu usava a camisa para fora das calças. Taí uma coisa que eu não saberia responder. Se ela me perguntasse, por exemplo, o que eu achava da bossa nova que ela, como contou, ajudara a divulgar em Nova York, eu, mais por despeito e citando o Pessoinha, bem que podia responder que, para mim, a tal bossa nova não passa de um sambinha dessossado para servir no elevador, e que por isso mesmo tanto encanta gringos pelo mundo afora. Nisso até que eu, por despeito, poderia contra-atacar. Mas confesso que essa história de camisa para fora das calças me confundiu um pouco. Cheguei a pensar na história de velho capuchinho que passou a ter problemas de insônia depois que uma criança perguntou se ele dormia com a barba para dentro ou para fora do cobertor.

A verdade é que, em casa, antes de sair, fui surpreendido pela minha primeira crise de identidade neste meu novo mundo. Vesti um blazer azulado, espólio daquela trágica tarde na rua Augusta, e no espelhinho do banheiro até que me senti bastante apresentável para um neófito nos hábitos deste mundo. No baita espelho do elevador ainda me senti bastante passável, só que ali, de corpo inteiro, já não era mais eu, era outro, um outro cara que me olhava de um outro mundo, meio que me gozando. E isso que o rapaz da loja garantiu que meu blazer era atualíssimo, desestruturado, e tal, sem ombreiras. Então não sei por que tão desestruturado agora me sentia eu. Mesmo como padre sempre tive pena das mocinhas que usam minissaia mas não estão à altura da própria ousadia e andam pela rua com um ar assim de gazelas acuadas. Desestruturadas. Resumindo: meu primeiro blazer só resistiu até o estacionamento. Voltei correndo e o troquei por esta camisa meio roxa, meio lilás ou meio vinho com que ora me encontro e que me dá, na luz mortiça da festa, um ar de poeta trágico. Só falta a Anna Izabel me perguntar por que eu vim assim, tão Semana Santa, e me banir para sempre das terras altas da Avanhandava.

Mas, didática como sempre, ela agora nos explicava que em si era uma artista plástica, fazia colagens (só podia), mas andava também muito ligada em música, só que música como revelação mais perfeita dos recônditos do ser. Deu até um exemplo:

— Eu, para mim, basta ouvir três movimentos do Tchaicovski para perceber que ele era homossexual.

— Isso depende de quem rege — obtemperou Fagundes, para minha surpresa.

— E qual é o seu regente favorito para executar Tchaikovski? — desafiou Izabel, meio ofendida.

— Aquele alemão, o von Karalhan — engrossou o Fagundes, e eu senti algum tinido de facão no ar.

Mas Anna Izabel, esperta que era, tergiversou para um ensaio fotográfico que pretendia fazer comparando São Paulo e Nova York, sempre com o olhar meio despeitado na direção do Fagundes, que por sua vez se recolheu num mutismo crítico. Até que ela não agüentou e partiu para o ataque. Simpática:

— E você, gaúcho, que não diz nada? Fica aí todo tenso. Precisa ficar mais solto...

— Mais solto como? — perguntou Fagundes, educado.

— Mais solto, ué — insistiu Anna Izabel, conciliadora.

— Como peido em bombacha? — perguntou Fagundes, bagual.

Izabel ficou pálida. Eu também, acho. Porque Fagundes nem falou pum, como, em caso de extrema necessidade, se deve dizer lá nos altos da Avanhandava. Falou peido mesmo, uma das mais absconsas palavras da língua portuguesa. E que, no ato, paralisou Anna Izabel. Dava para ouvir seus *enes* e *zes* rangendo e se despencando Avanhandava abaixo. Felizmente apareceu a Stella, com *s* e *ll*, pelo amor de Deus, dona da casa e amiga do Fagundes.

Enquanto Fagundes conversava com ela, fiquei por ali toureando outros convidados. A husky siberiana continuava pra lá e pra cá, farejando. Passou o garçom e eu temerariamente me servi de uma segunda taça de champanhe. Saí andando por ali com aquela taça fina e comprida na mão. Meio perdido, sapo no aquário, blindando minha insegurança com vários personagens — o falso indiferente, o divertido gentil, o comunicativo genérico e até o arrogante entediado. Mas acho que eu trocava a máscara muito rapidamente, porque nenhuma funcionou direito.

A festa, essa crescia e se espraiava, na dela. Um crítico não sei de que com um sorrisinho otimista de dentuço babão, desses tipos que acertam em rifa, não parava de dizer que o negócio é ter fair-play, o negócio é ter fair-play. No grupo ao lado uma psicóloga toda de preto o tempo inteiro falava em "fechar a gestalt", que o negócio é "fechar a gestalt", que a vida moderna é cheia de pontas soltas, ninguém "fecha a gestalt", e assim por diante. O nariz de turca e os óculos igualmente pontudos lhe davam um ar assim, ou já era o champanhe?, de pata de siri. Uma hora ela me olhou tão firme com aquela cara de pinça que eu fui me mandando antes que ela inventasse de fechar alguma gestalt para o meu lado. Eu mal tinha ouvido falar nessa tal gestalterapia.

Tentei me refugiar num canto onde uma turma de moças espevitadas falava sem parar. Em meio àquela estridência de aves e peixes ornamentais, um halo de silêncio: uma mulher dessas que, em qualquer circunstância, olham a gente por detrás de uma vidraça ligeiramente embaçada pela chuva. Tinha os cabelos negros, um riso de índia e a simplicidade do seu vestido amarelo tênue com alças azuis-hortênsia sobre os ombros era uma prova viva de que a Beleza, como o Espírito, sopra onde quer. Mas claro que não tive coragem de me aproximar.

Em fuga da moça do vestido mágico por pouco não caio nas garras de um sujeito cara de médico ocultista que não só estava prestes a provar que Cristo viveu, sim, uns tempos na Índia como se dava ao luxo de portar a tiracolo seu próprio ectoplasma, um magrinho esquálido que eu não gostaria de encontrar numa rua escura. Uma terceira taça de champanhe e comecei a ver as coisas com um realismo socialista incompatível com o ambiente. Sim, de repente as pessoas começaram a me aparecer sob uma luz ácida e injusta. Como num jantar a velas que fosse de repente tomado por holofotes de néon. Uma jornalista grandona contava como, numa matéria para a *Manchete*, se fingira de puta fina numa boate muito exclusiva, a La Licorne, ali perto de casa, e como fora difícil se livrar do assédio de um gringo bêbado. Quem sou eu para dizer, mas olhando assim por alto, o gringo, esse devia estar muito bêbado mesmo.

A seguir caí nas malhas de um tipinho de rosto fino que alegava se chamar Jean Yves e logo foi me explicando que todas aquelas mulheres ali em volta, todas pontualmente em seus pretinhos enfiadas, não estavam elegantes, não senhor, mas apenas uniformizadas de elegância. Todas fantasiadas de donas de galeria, garantiu. Quis defender a moça de vestido creme com alças azuis mas as palavras não me vieram, e depois por que um cara como eu, que passou a metade da vida até aqui dentro de uma bombacha e depois dentro de uma batina, tem que ficar discutindo moda com um fuinha chamado Jean Yves, que eu acho que era veado e não sabia e eu era ali a pessoa menos indicada para informá-lo, mas tudo isso porque eu me sentia um pouco deslocado, um pouco irritado, zonzo, inseguro e meio perdido na minha fantasia de poeta trágico. Daí, acho, tanta má vontade com os presentes. O que umas taças de champanhe com ressentimento não conseguem produzir mesmo num ex-ministro de Deus.

Felizmente, mal se livrou da Stella, Fagundes desistiu da festa e me convidou para tomar um ar. Saímos da casa e fomos caminhando por umas ruinhas curvas e bem arborizadas à procura do fuscão que eu tive a covarde prudência de esconder um pouco longe da festa. No caminho eu pensava: curioso como neste mundo aqui fora as pessoas deixam passar certas coisas, mas morrem por uma letra a mais ou um mero acento diferente no nome. Não é só a Anna Izabel, não. Experimenta tirar não só o *z* da Izabel mas também *ll* da Marcelle, o *ph* da Sophia, o *h* da Christina, o *w* do Wolmar e até mesmo o *y* do Moacyr. Acho que se sentiriam meio perdidos também. Da mesma maneira que se sentem mais felizes e seguros por morar em prédios que se chamam Parc des Princes, Versailles, Mikonos, Alphaville, Picadilly. Pensei até em discutir com meu compositor existencial José Antônio Fagundes ali presente se, além dessa memória de um paraíso perdido tão comum na humanidade em geral, não vigora na classe média em especial um certo sentimento de nobreza perdida. Como meu amigo, tão observador, via essa infantil obsessão por uma letrinha a mais no nome ou a pela glória simplória de morar no Mikonos? Mas Fagundes não deu linha. Estava diferente. Mal subiu no carro, foi logo pedindo:

— Agora, pardo velho, tu vai me mostrar o que já conhece dessa tua nova cidade. Vamos dar uma campereada por aí.

Como se diz em Bagé e acho que também em São Borja, não me achiquei. Não me achiquei. Li que certos bichos carregam na mente uma clara idéia da extensão e dos limites do seu território. Exatamente como eu, posso dizer, em relação a São Paulo. Sim, apesar de tão mais educado para os caminhos do céu, nesses dois meses já consegui montar um bom quadrilátero mental da cidade, meio troncho, é verdade, mas tremendamente salvador: Brigadeiro Luis Antônio, avenida Brasil, Rebouças, Consolação. No meio, de coringa, a avenida Paulista. Assim que posso me perder à vontade, uma dessas sempre me salva.

Assim que destemidamente fui conduzindo o Fagundes para uma longa campereada noite adentro. Mas ele estava diferente. Qual é a hora certa de deixar uma cidade? —, a certa altura se perguntou. E se respondeu: é a hora em que a gente anda, anda e sente que cada canto dela já foi de alguma forma vivido. É quando uma esquina, um prédio, pedaço de rua, farmácia, boteco já não passam de monumentos tombados da nossa história pessoal. Aí é hora de se mandar. Ou a cidade te começa a doer, uma dor de tempo, fina, pungente. Visto de longe, ou de memória, ele concedeu, esse tombamento afetivo da cidade pode ter lá a sua graça. De perto é como viver passeando no seu próprio museu, que aos poucos vai tomando ares de cemitério, radicalizou. Aí é hora de se mandar. Com os nativos pode ser diferente. Conosco, os adventícios, os transplantados, chega uma hora que começa a doer.

Eu não sabia o que dizer, mesmo porque o que para ele aqui era tombamento para mim ainda é promessa. E só entrei mais na real pungência do que o Fagundes falava quando ele começou a apontar, aqui e ali, seus tombamentos. Ainda me lembro de alguns. Naquela casa ali, disse, fiquei meses trabalhando numa revista que nunca foi lançada. Na porta desse prédio a muito custo consegui me livrar de casar com uma gringa meio doida. No último andar desse banco tive que entrevistar um cara sobre derivativos, spreads, investimentos, e descobri que jornalismo é a profissão mais simples do mundo — a gente só pergunta, anota e conta. Naquele barzinho ali conheci uma mulher que nunca me saiu da cabeça e que nunca descobri se era uma puta esperta ou uma puta mulher. Naquela farmácia curei a minha primeira gonorréia... Nessa rua tinha umas árvores onde eu me despedi da Muriel que voltava para o marido em Paris.

Nessa pizzaria funcionava o cartório do meu primeiro casamento. E olha o predinho escuro onde vim morar logo que me separei, até hoje me dói quando eu passo. E olha a igrejinha do hospital onde eu, não sei por quê, vinha às vezes assistir à missa. Aqui tinha uma escola onde eu dei aula, imagina, de atualidades. O baiano daquele açougue ficou meu amigo e não sei onde me arranjava uma picanha tão boa. Mais adiante, meio da quadra, acho que ainda fica uma tal Casa do Gaúcho, que no meio de muita arma e faca, tinha uma erva razoável para o chimarrão. Ali naquele casarão... Ele parou de repente e não quis ou não teve coragem de dizer o que se passara naquele casarão sombrio. Bom, era uma clínica clandestina, resumiu, seco.

Depois foi-se animando um pouco e disse que o bom de São Paulo é que tem bairro para tudo. Do que pude guardar: a Mooca para ser simples e produtivo, o centro para decair com estilo, os cinzas do Brás para desaparecer, a Lapa para ser bom cidadão, Pinheiros para defender tese, a Vila Madalena para brincar de alguma coisa sem prestar contas, as Marginais para a angústia pura, e Perdizes, Perdizes. Terminou me receitando Perdizes. Porque em Perdizes ainda bate um vento, disse, umas nuvens soltas, as padarias têm brioches, as estudantes são bonitas e as velhinhas, coradas. Me aconselhou a vagar por Perdizes quando eu me sentisse assim meio troncho na vida. Deu até o nome de uma padaria por ali e eu tive a certeza de que um dia, ao deixar São Paulo, entre meus tombamentos afetivos estariam certamente muitas padarias.

Mas troncho da vida mesmo eu me senti foi depois na cama, de olho no teto, pensando naquela festa. O longo adeus do Fagundes a São Paulo até que tudo bem. Minucioso e pungente, mas tudo bem. O que agora não me saía da cabeça era aquela festa. Porque ela foi, de certa forma e sem querer, a minha apresentação oficial ao que os Evangelhos chamam de o reino deste mundo. Sim, foi minha primeira noite propriamente mundana. Sim, meu Deus, quem diria, debutei.

11.

Manhã de reunião de pauta na revista. O clima, como sempre, é de alta voltagem emocional. Luzes jorram sobre as mais variadas chances e impasses da humanidade. Em poucas horas, o mundo é várias vezes perdido — e salvo. Sim, de repente, na próxima edição, todos os enigmas serão finalmente explicados, sexo, meia-idade, religião, casamento, aposentadoria privada e celulite. Assim por alto, acho que nossa redação pode ser dividida entre salvacionistas e serviçaleiros. Os salvacionistas se atêm às grandes causas e almejam salvar o mundo em geral, eliminar preconceitos, mudar comportamentos. Já os serviçaleiros querem mais é facilitar a vida do leitor. Porque, segundo eles, não só comemos mal, copulamos mal, investimos mal e dormimos mal como caminhamos e nos sentamos de forma completamente equivocada. Ouvindo-os, é difícil acreditar que a humanidade tenha conseguido sobreviver sem revistas estes séculos todos. Sem saber, como os serviçaleiros tão bem sabem, onde exatamente as coisas estão, a forma correta de usá-las, e quanto custam.

Fico rezando para que não me dêem matérias de serviço. Já muito salvei o mundo, tão pouco fiz pela alma dos outros, que é o que importa, que agora livrar uma perna que outra deste novo mal do século, a celulite, é o tipo de coisa que não me comove. Falo isso porque o Fraguinha, que adora contrastes, às vezes me olha como quem vai me dar uma matéria sobre o palpitante tema. Morro de medo. Mal imagino onde a tal celulite fica, mas não exatamente do que se trata, se em homem também acontece, e tal, e sei que, na hora, vou ficar com vergonha de perguntar. E já entrevejo o Fraguinha manchetando firme: PADRE-REPÓRTER REVELA OS SEGREDOS DA CELULITE.

Manhã de reunião de pauta na revista. Salvacionistas e serviçaleiros pautam céus e terra. Pessoinha, como sempre, chegou atrasado, mas com uma grande pauta para compensar. Disse que no Vale do Ribeira há muitos anos vigorava, quase secreta, uma comunidade de quakers egressa da guerra civil americana. Puta matéria, Fraguinha já foi logo se emocionando. Puta matéria. Claro que todos os olhares já estavam voltados para mim, o padre-repórter. De bom grado topei, mesmo porque, àquela altura, entre salvacionistas e serviçaleiros os grandes dramas da humanidade já estavam praticamente equacionados, e vá que me sobrasse alguma celulite.

Parti às seis da manhã do dia seguinte com um motorista, um magrinho espírita chamado Rivail. Pegamos a BR-101 a caminho, ah meu Deus, do Rio Grande do Sul e lá pelas tantas pegamos a esquerda e nos embrenhamos pelo tal Vale do Ribeira, em direção ao mar. Por estradinhas penosas vasculhamos matas, montes, vilas, cidades e bananais sem fim. Demos com uns grupos de japoneses pobres, confusos, tropicalizados, meio distantes da compostura tradicional da raça. Dos quakers, nem sinal. Numa cidadezinha, um jovem prefeito do MDB quis se aliar à nossa busca. Onde esses gringos não se metem, ele repetia nervoso. Onde esses gringos não se metem. A muito custo consegui contornar seu fervor alegando que nossa missão era praticamente secreta. A essa altura meu motorista Rivail já se mostrava bastante desacorçoado, como se diz. Disse que agora só faltava a gente sair sacudindo bananeira pra ver se algum quaker caía. E um calor danado. No empório de uma vilinha, onde entramos para comprar água, Rivail sugeriu que a gente bem que podia comprar uma lata de aveia Quaker e levar de suvenir para o Pessoinha. Motorista que fala suvenir é fogo.

Sei que lá pelas três da tarde fomos salvos em Iguape por uma feijoada redentora. Ainda bem que era quarta, ainda bem que os paulistas têm esse piedoso costume de reforçar seu meio de semana com esse bárbaro hábito da feijoada. Depois ficamos tranqüilamente olhando o mar de uma sombrinha de gameleira na praia. O bom aqui é que praia tem árvore, não são aqueles desertos do Rio Grande. Rivail chegou a cochilar. Mais adiante, tão suave corria a tardezinha que, numa praia deserta, com apoio tático do motorista, eu não quis nem saber: entrei de cuecas mar adentro.

Chegamos a São Paulo tarde da noite. No outro dia fui reclamar com o Pessoinha da absoluta ausência de quakers no Vale do Ribeira.

— De que vale eu falei mesmo?

— Do Ribeira.

— Puxa, era o do Mississipi.

Engraçado, o Pessoinha. Pouco bebe, não fuma, não cheira, mas todos os dias chega com uma palidez do outro mundo e o olhar meio desorbitado. Deve sofrer de insônia e suas manhãs são difíceis. Numa dessas me mandou catar quakers nas bananeiras do Mississipi. No mais, que texto, que texto. Matéria chata e pedregosa que pinta, essas com frases rangendo umas contra as outras, o Virgílio vai logo dizendo, "pede para o Pessoinha dar uma amanteigada". Não sei como ele faz, mas logo aquele enrosco todo vira um riozinho de serra entre as pedras dos números, estatísticas e declarações. Aqui e ali, a cachoeirinha de uma graça, que não sei donde ele tira.

Esse é o paranaense de Londrina Alberto Inocêncio Pessoa, o Pessoinha, que não sei por que vive se esvaindo por aí em putas matérias e nunca escreve, pra valer, o puta livro. Assim que dei uma enrolada na história dos quakers. Agradecido, ele convenceu o Fraguinha de me dar uma matéria mais importante: *O SUPERMERCADO DAS PSICOTERAPIAS*. Explicou que nesses confusos inícios dos anos 70, o que mais floresce no mercado da mente são escolas de terapia. Dos clássicos, Freud, Jung, nem se fala, mas Reich e a bioenergética estão crescendo muito, para os mais práticos tem a Análise Transacional, para os espiritualistas, Terapias das Vidas Passadas, e assim por diante. Puta matéria, vociferou o Fraguinha, arredondador como sempre.

— Puta matéria — insistiu. — Mas nada de muita teoria. O negócio, sabe, é introduzir os leitores nesse supermercado de terapias e cada um que escolha a sua.

Para compensar ainda mais os malfadados quakers do Ribeira, Pessoinha me convidou para jantar no La Trattoria, uma cantina italiana na rua Antonio Bicudo, em Pinheiros, boa e barata segundo ele. Mal sentamos me declarei meio confuso com a matéria das terapias, afinal eu vinha da fronteira gaúcha, da Igreja, do Bem e do Mal, da alma em si, pelo que esse desconfiado mundo das análises me era um pouco estranho. Pessoinha tentou me acalmar:

— Isso de terapia é simples, fiz várias, uma para cada casamento que não deu certo, e hoje acho que a coisa funciona mais ou menos assim. A primeira, ali pelos 17 anos, 18 anos, tem que ser com um psicanalista bem ortodoxo pra gente se livrar da mãe. Depois nada como um reichiano bem bioenergético para transar à vontade. Aí vem bem uma analisezinha transacional bem americana para ficar o.k. na profissão, ganhar um dinheirinho e tal. No fim, mas bem no fim, para entender o que se passou e se encontrar com Deus numa boa, é pegar um junguiano meio místico e estamos conversados. No seu caso, que acaba de romper com a Mãe-Igreja, você pode entrar direto na bioenergética.

Só me restou provocar:

— Bom, e depois de tanta análise tu pelo menos te curou... um pouco?

— Não, cara. Não. E o que é pior: aprendi psicologia. Mal, é claro. O suficiente para erguer entre mim e a vida um monte de interpretações... O pouco que aprendi acho que foi parar na cabeça, como um coágulo, não sei, um sangue ruim que não circula para irrigar o resto.

Essa me pegou fundo. Fiquei pensando em certos pastores, padres e freiras que chegam e apenas decoram a salvação. Como que também fica tudo só na cabeça.

Pessoinha começou a falar então do seu último psiquiatra, que ele, acho que defensivamente, chamava Baixinho, e que proferia coisas mais duras ainda sobre isso de verdades puramente mentais.

— O homem é capaz de dizer coisas assim: triste é a verdade que fica só na cabeça, que o coração não adoça, o baixo-ventre não energiza e as pernas não assumem: a gente saca mas não salta.

— Porra.

A frase me acachapou. Acho que foi o meu primeiro *porra* sincero na vida.

Eu estava impressionado. Só não sabia se o tal Baixinho era assim porreta mesmo ou se era o Pessoinha que pra me assustar editava um pouco. Parece que, quando a gente é ex-padre, todo mundo faz questão de nos assustar um pouco com fantasmas deste mundo.

Bom, fomos salvos por uma salada de escarola com gorgonzola seguida por um inhoque de espinafre aos quatro queijos. O inhoque estava ótimo, o vinho, animador, mas eu não conseguia desligar do tal Baixinho psiquiatra e pedi ao Pessoinha que falasse mais um pouco sobre ele.

— Ah, esse é foda. Esse quase me deu o safanão da salvação. Com esse não tem *perhaps*. Você mal chega e ele já vai soltando os cachorros. Uma ou duas perguntinhas, você perde o prumo e ele se serve. Te pula na jugular e não larga. Uma vez foi um herpes que eu tinha e que em má hora resolveu trocar de lugar, foi do pinto pro nariz. Cada surto eu ficava que era um lobisomem, o nariz que era um tomate. Uma vez o Baixinho me viu nesse estado e só ficou olhando com aquele jeito meio de baixo pra cima que ele tem de olhar, e que deve ser o ângulo exato pra pegar a mais enrustida verdade das coisas. Eu ainda tentei gozar: é, é Deus cansado de me puxar pelas orelhas que agora deu de me puxar pelo nariz. Ele caiu matando: bom, já que você insiste em não assumir nada a sério, por que ia se queixar de um nariz de palhaço? As doenças costumam ser muito precisas nos seus símbolos. Um cara que leva uma vida asfixiada vai ter o quê? Um infarto. Você faz da vida um picadeiro e não pode se queixar do fruto: esse nariz de tomate.

— Assim?

— Assim. Eu ainda caí na asneira de rir um pouco, mais pelo bem editado da porrada. Aí que ele se picou de vez. Rindo de quê? Vive aí de *clinch* com a vida. Tem um emprego que não te deixa escrever como gostaria, mulheres que nunca olha de frente, casou sem vontade e é pai por acaso. Por que pelo menos uma vez não olha a vida de frente, só pra ver como é que é?

— Desse jeito?

— Ou pior, ou pior. O Baixinho é fogo. Acho que você devia começar tua matéria com ele. É meio bronqueado, mas generoso, culto.

— E meio exagerado, tentei maneirar. Meio injusto contigo, por exemplo. Tu bem que enfrenta as coisas. Lá na revista pelo menos. Tirando confundir o Vale do Ribeira com o do Mississipi, tu é um cara produtivo, profissional.

— Não me conhece. Não me conhece. Na hora do vamos ver, sou o tipo do cara que vive apelando para todo tipo de defesa. Nesses anos de terapia minhas defesas se sofisticaram ao máximo. Hoje qualquer coisa que começa a ficar séria mais do que o necessário, eu já sei o que fazer: disfarço, ironizo, elucubro, tergiverso e, na primeira oportunidade, me pirulito. Eu, mal os hunos estão cercando a aldeia, pego o caniço e faço que vou pescar, assobiando. Hoje inventei até a minha própria terapia corporal: a banheira. Fico horas. É ali que eu esqueço os hunos, me ensabôo de corpo e alma, me espumo todo em bons propósitos. O Baixinho um dia me disse que essa é a mais tosca tentativa de volta ao útero que ele viu na vida. Eu não me importo. Não me importo. Na banheira me esbaldo, chapinho e me refocilo. Regrido até a minha mais ínfima condição de animal informe. Viro praticamente um hipopótamo, e que angústia, me diz, por mais que seja, vai habitar por muito tempo o corpo de um hipopótamo?

Acho que o Pessoinha tinha bebido um pouco e eu já estava ficando meio assustado com a sinceridade, a graça e o brilho com que ele proclamava a desistência. Desistentes, evadidos, apóstatas, emigrantes, essa gente me assusta um pouco.

12.

ASSIM QUE FOI UM POUCO NERVOSO QUE, NO DIA SEguinte, entrei no consultório do tal Baixinho para dar início à minha matéria sobre psicoterapias. O sujeito era de fato baixo, maciço, e tinha mesmo um olhar assim meio enganchado, de ver por baixo. Mas, gentil, começou me dando uma boa idéia das diversas terapias no mercado, desde a clássica psicanálise até as mais recentes terapias corporais baseadas em Reich. Foi só quando eu quis saber o que, numa terapia, podia ser considerado propriamente uma cura que ele se encrespou um pouco:

— Cura às vezes não existe, e nem pode.

— Como não pode?

— Um sujeito é doleiro, filho de doleiro, e vem aqui descobrir o sentido da sua vida. Qual é o sentido da vida de um doleiro, me diz?

— Bom, tem que haver algum.

— Tem nada. O mal deste país é que tem mais atravessador que empreendedor. Essa elite chupadora nada cria e de tudo se apropria quer se curar de quê, me diz?

— Mas pode um terapeuta rejeitar um paciente?

— Deve. A melhor das terapias não dispensa um ou dois atos de coragem na vida. Às vezes o que está doente é a tua própria vida. Pega a mulher de um líder sindical, dos sinceros, que separa, termina casando com advogado de bacanas, rico e pentelho como ele só. Imagina o casamento. Ela vai e tenta de tudo, butique, artes plásticas, ioga e budismo. Se consome em ansiedade e quer fazer a melhor das terapias, mas sem mexer um fio no penteado de festa que é a vida dela...

— É, aí é brabo.

— E o caso de um alto executivo, bem-sucedido e tal, mas a vida pra ele não passa de uma revanche contra as humilhações da infância pobre. Se mata de trabalhar numa empresa em São Paulo e ainda dá umas consultorias numa outra lá por Santo André. Vive com a barriga estourada e vai a um gastro. Sabe o que o médico descobre?

— Úlcera?

— Que ele precisa dar mais tempo para fazer cocô de manhã. Anda se envenenando com as próprias fezes.

— Aí é fogo.

— Se ele não cuida das merdas do corpo, como eu vou tratar as do espírito, me diz?

Era o Baixinho em plena forma, exatamente como descrevera o Pessoinha. Eu não sabia mais o que dizer nem perguntar. Felizmente ele foi atender o telefone na sala ao lado, mas já voltou resmungando.

— Intelectual... Intelectual... Intelectual devia só plantar árvore e escrever livro, por que se mete a ter filho?

— É, e com pneu, então? — tentei corroborar.

— Que que tem pneu? — ele já se encrespou de novo.

— Já viu intelectual trocando pneu?

Me olhou intrigado.

— Não passa do primeiro parafuso — tentei explicar.

Aí ele até que sorriu um pouco, mas tive a exata impressão de que me olhava com o dedo no gatilho: jornalista, ex-padre, meio virgem nessa idade — aí tem coisa. Voltei correndo para o tema da entrevista. Mal cheguei à redação Pessoinha perguntou:

— E aí?

— Não sei. O cara parece mais um gladiador que um terapeuta. Acho que como profeta bíblico, incendiando multidões, o teu Baixinho ia estraçalhar legal. Mas assim no consultório, pegando um a um, ele é meio demais. Parece que vê a neurose do paciente como uma ofensa pessoal. Sai no tapa com ela sem nem perceber que o portador, o paciente, também está por ali.

Mas um pouco deve ser por causa do nome, fiquei pensando depois. Baixinho não tem nada que se chamar Gregório. Gregório é nome de sujeito alto, espadaúdo. Baixinho já é um raça empombada pela própria natureza, está sempre tentando provar alguma coisa, dar o troco pelos seus centímetros a menos. Agora, Baixinho psiquiatra chamado Gregório, aí não há quem segure.

Mas não expus essa minha tese ao Pessoinha.

Nos dias seguintes me embrenhei de cabeça na selva das terapias. Ouvi freudianos, junguianos, reichianos, psicodramatistas, terapeutas individuais, de grupo, de casais, de adolescentes, de crianças, de idosos e até mais além, os de vidas passadas. Tanto perambulei por consultórios que até os gravadores da revista acho que foram pegando umas doenças. Tive um maníaco depressivo, que às vezes gravava e às vezes não gravava, passei por um esquizofrênico que ouvia vozes por conta própria e cheguei ao caso de um autista que na hora gravava tudo e depois se recusava a contar. Por sorte tenho boa memória e tomava algumas notas. No fim acho que tinha em mãos uma material bem interessante. Mas Fraguinha, o arredondador, detestou a minha primeira versão da matéria. Queria um guia prático de terapias, com métodos, preços, duração, até chances de cura.

— Você tem que pegar o leitor pela mão e passear com ele por esse tal supermercado da alma.

— Tu já fez terapia?

— Não. Mas uma vez um psicólogo me disse um negócio legal: pra que ficar correndo e se esfalfando ao lado do rio, não é melhor cair nele, fluir com ele? Foi o que me bastou.

Acho que o cara disse uma coisa linda que ele entendeu de um jeito feio, mas tudo bem. Como dizia a nossa filosofia escolástica lá no seminário: *quod recipitur ad modum recipientis recipitur.* O que é recebido é recebido na forma do recipiente.

Então tudo bem, refiz a matéria. Fui desossando, desossando e no fim ficou tudo facinho, molinho, sem gosto. Foi como servir esse bife com pãozinho que eles aqui chamam de churrasco. Os terapeutas entrevistados não gostaram muito. Eu tentei me consolar dizendo que não menti, não traí. Arredondei. Mas arredondar não é uma forma de trair?

Tentei discutir a questão com o Fraguinha, mas ele foi taxativo:

— Qual é, reverendo. Jornalista é justamente isso. Um cara que simplifica, arredonda. Se quer confusão, tenta a literatura.

E ainda arrematou:

— Só que, aí, desiste do best-seller. Best-seller também tem que ser redondinho.

13.

PARA UM COLEGA DE SEMINÁRIO, O VILMAR, COM QUEM há 20 anos discuto Deus, as mais diferentes reações diante da presença do mal no mundo e do aparente absurdo da vida podem ser resumidas em apenas duas. Camus dizia: eu me rebelo. Pascal dizia: eu creio.

Eu creio. Eu creio e sinto que atos como confessar, comungar, rezar me fazem bem por motivos anteriores à palavra e à razão. Só que agora não sei o que me deu, ou vai ver que minhas missas também eram um pouco assim. Mas a verdade é que não está fácil encontrar uma igreja para assistir à missa em São Paulo.

Ou é o meu estado de espírito ou as missas andam mesmo muito barulhentas. Deus com um mínimo de silêncio anda difícil de encontrar. E é tudo muito controlado: mal a Palavra vai ser anunciada, uma epístola, um salmo, um trecho qualquer do Evangelho, lá vem uma figura, um figurante, e lê antes uma suposta explicação, a semente não pode cair no coração dos fiéis com seu puro frescor, sua própria virulência. Vão logo garantindo a interpretação oficial. E é isso que chamam de participação do leigo na igreja, essa infantilização de subir lá e ler uma coisa pronta? E donde me vem essa bronca toda? Por que essas missas de repente me irritam? É um senta e levanta o tempo inteiro, sem um minuto para a gente mesmo. E se Deus de repente quisesse nos dizer alguma coisa? Teria que esperar lá fora, durante a missa nem pensar. Algumas estão virando verdadeiros programas de auditório. Esses dias, numa dessas missas de auditório aí, só faltou hóstia premiada. Não sei donde veio nem como se generalizou essa silvio-santização da liturgia.

Sorte que, no fim, terminei descobrindo uma missa bastante respeitosa e silenciosa na capela de um hospital ali na Paulista. Mas ontem o velhinho sereno que a oficiava foi substituído por um eufórico relações-públicas de meia-idade, com forte sotaque europeu e todo metido a culto. O Evangelho do dia era aquele dos discípulos de Emaús. Só que em vez de se ater à história, viva, bonita, o homem me desanda numa aula de geografia onde se ficou sabendo até a distância exata entre Jerusalém e Emaús e todos os números e razões da presença romana na Palestina.

Fazer isso justo com essa cena do Evangelho que tanto me comove. Dois discípulos caminham pela estrada de Emaús dias depois da crucifixão e morte do Senhor. Ao longo da estrada um estranho a eles se une e começa a explicar os últimos acontecimentos de Jerusalém à luz das Escrituras. Chegam os três à aldeia, o estranho faz menção de continuar e os discípulos pedem: "Fica conosco, senhor, porque anoitece", *Manet nobiscum, Domine, quia advesperascit*, até em latim sempre achei bonito. Quando os três sentam à mesa, o estranho abençoa o pão, o parte e reparte com os dois discípulos. Então seus olhos se abrem e eles O reconhecem: é o Senhor. E perguntam um para o outro: "Porventura não ardia o nosso coração quando Ele nos falava na estrada?"

Nem bem o padre terminara sua aula de geografia e história, eu me surpreendi falando comigo mesmo e, em espírito, para os fiéis ali presentes. Disse o quanto, neste mundo, misteriosa e variada é a passagem de Deus pelo coração dos homens. Como nem sempre é fácil percebê-la e o quanto para todos nós ela às vezes parece confusa, tantos são, à nossa volta, os apelos e as mensagens, e mais os estímulos a esta ou aquela ação. Em meio a essa baita gritaria toda a história dos discípulos de Emaús nos fornece, irmãos, duas orientações valiosas. Ela nos sugere que muitas podem ser as vozes, mas só uma nos faz arder o coração; muitos podem ser os gestos, mas é no partir do pão que o Senhor se faz reconhecer. Temos, pois, dois sinais muito simples da passagem de Deus pelos nossos caminhos: o coração arde e o pão é repartido. A vibração e generosidade como sinais do divino. Na dúvida, pedir como aqueles discípulos de Emaús: fica conosco, Senhor, porque anoitece.

Anoitecia e foi isso o que eu saí rezando pela Paulista, e me perguntando de que adiantava ficar com raiva do padrezinho historiador lá na capela. Pelo menos ele estava lá, firme. Eu aqui, pegando a Frei Caneca, bronqueado e desertor. Desertor, tentei me consolar, de uma casta, não de uma Palavra.

Não adiantou muito e foi de coração apertado que desci toda a Frei Caneca na direção de casa. Na Amaral Gurgel instintivamente entrei num templo-garagem de uma dessas igrejas de crentes. No começo o pastor ainda começou maneiro, mas logo explodiu em salvações, no que foi acompanhado aos gritos pela pequena platéia. Era também a silvio-santização da liturgia, só que num tom mais histérico. Mas aí olhei bem as pessoas na platéia e me conformei um pouco. Se visivelmente tinham perdido todos os bondes para este mundo, por que lhes negar o da eternidade? Daí, acho, esse tom arrebatado. Para um desespero tácito, uma fé aos gritos. É isso aí.

Saí a caminhar por aqueles lados obscuros da cidade, Rio Branco, Guaianazes, Aurora, fui parar naqueles desertos do largo Paissandu, voltei por uma São João escura e cheia de putas pobres me dizendo coisas. De volta à Cesário Motta, caí na cama para uma insônia que vinha de muito longe para ser resolvida por um chazinho qualquer. Então fui para a rede e, tomado de grande emoção sem causa, acho que fundei uma religião.

.Um cristianismo essencial, livre de tudo o que, pelos mais variados e humanos motivos, veio depois, dogmas, hierarquias, vestes, ritos, burocracias, pequenas regras substituindo os grandes valores. Ficava o que Jesus viveu e disse. O Reino dos céus que está dentro de nós, no templo de cada um. Únicos deveres, o amor, a misericórdia, a generosidade, a desobrigação de julgar, a alegre negação dos deuses deste mundo, que são a ganância e a vaidade. A liberdade de rir deles como fonte de todo o humor. E, aí, uma Igreja, mas uma Igreja onde vamos caminhando sem saber tudo, uma Igreja que reza, se abraça, se conforta, pergunta, duvida, e não foge fácil da dor da vida e da incompletude do mundo. Assim devemos ser os novos cristãos, "nós que tateamos Deus na História", como um dia ouvi um filósofo gaúcho dizer no enterro de um estudante acidentado. Cristãos felizes na precariedade, na vigília do mistério, rezando tudo o que vier ao coração, puteando Deus sempre que Ele mereça, em todo o pão repartido sentindo e celebrando um começo de eucaristia. Valerão as lindas histórias do Evangelho, não tanto a casuística de São Paulo nem o posterior entulho das teologias. Cenas e mais cenas do puro Evangelho me vinham à cabeça e não sei como nos organizamos tanto em torno de uma pessoa tão livre, Jesus. Como montamos um dogma e uma moral em cima de medos, costumes, culturas, quando não do puro marketing. Morrer crendo e se perguntando, maduros enfim para uma possível última grande surpresa.

No fim, já quase dormindo, tristemente me lembrei de que, na História, milhares de cristãos já intuíram mais profundamente esse sonho de um cristianismo sem muita Igreja, com mais Evangelho e menos Direito Canônico, e por ele corajosamente morreram pelo fogo, o desterro ou a burocracia.

Manet nobiscum, Domine, quia advesperascit. Miserere, Deus, secundum magnam misericordiam tuam.

14.

NAS NOITES DE FIM DE SEMANA TENHO SAÍDO MAIS É com Pessoinha. Ultimamente a nós seu uniu um tal de Barbato, colaborador da revista. Ao separar-se, parece que a mulher conseguiu que praticamente todo seu salário ficasse com a família, ela e os três filhos. Barbato sugeriu que a editora o demitisse, hoje recebe como freelancer fixo, diz que foi a única maneira de ficar com um mínimo para a sobrevivência pessoal. Mora com o pai numa chácara em Cotia, tem uma Kombi velha que estaciona em qualquer lugar e sai por aí. Desconfio de que, às vezes, até dorme nela, uma vez vi um colchonete no banco de trás. É um cara muito inteligente e, no auge de uma bronca, consegue dar às palavras o mesmo brilho desvairado dos olhos. E vive bronqueado.

Bem que tentei, nos fins de semana, me tornar um amigo assim mais diurno do Pessoinha. Ontem, sábado, até combinamos ir juntos àquela magnífica feira do Pacaembu.

Eu não paro de me encantar com estas vastas e vitais feiras livres de São Paulo, aquela profusão de cores, aquele acre cheiro de vida. Já com o Pessoinha foi um desastre. Passou indiferente pelas frutas e verduras, ficou pálido na banca dos frangos e na dos peixes praticamente desmaiou.

Mas à noite estava completamente em forma e fomos, como sempre, subindo a Amaral Gurgel na direção da praça Roosevelt, onde pensei ver a solitária torre da Igreja da Consolação se mexendo nervosa com o mar de putaria que já começava a se agitar a seus pés. Não dava para distinguir se, lá no alto, contra a luz leitosa das nuvens, a ponta cônica da sua torre era uma flecha segura para os céus ou mais uma bala perdida na Terra. Não sei donde esse pensamento de repente me veio, de um frio na barriga acompanhado.

Pesssoinha ficara de se encontrar com o Barbato num barzinho lá em cima na Augusta. Mal nos viu, Barbato veio na nossa direção depois de abraçar demoradamente um negro alto e bonito.

— Pobre do crioulo — explicou. — Pobre do crioulo. Casou com uma dinamarquesa, parece que antropóloga. Tiveram um filho. Aí ela ficou grávida pela segunda vez e foi ter o filho lá na terra dela. Nunca mais voltou.

— Sacanagem — disse Pessoinha.

— Que é isso. A gringa é muito gentil. Sempre manda foto das crianças. O crioulo vive por esses barzinhos aí mostrando pra todo mundo as fotos dos filhos. Já virou meio compulsão.

— Qualquer dia, pira.

— Sabe o que eu consegui pra ele?

— Uma passagem pra Dinamarca?

— O endereço de uma tal Delegacia da Mulher que agora tem aí. Ele me jurou que vai lá na semana que vem. Só quero ver no que vai dar.

— E no que pode dar?

— Sei lá. Bobeia, pode até ser preso por atentado à antropologia feminina. Sabe como é. Para o homem, filho é filho. Para a mulher, é filho e refém.

Eu também estava achando aquilo tudo muito triste, mas não sabia o que dizer. Pessoinha sugeriu que a gente descesse a Consolação até onde ela chega ao coração dessa área nobre de São Paulo, chamada Os Jardins.

— Dizem que lá agora tem um boteco ótimo, réplica bem estilizada dos botequins de verdade.

Mas nada de encontrar o tal boteco fino. Demos foi numa birosca de nada, lotada e sujinha. Barbato exultou.

— Cara, viemos atrás da réplica e encontramos o original.

Como mal dava para entrar, pedimos uma cerveja e ficamos na calçada, encostados num carro. O dono do boteco, um negrão de barbicha e com a camiseta do Vasco, não pareceu ir muito com nossa cara.

Mas ficamos ali. Barbato filosofando sem parar.

— Olha esse barzinho muquirana no meio dessas lojas todas. Um quisto de povo em meio à glória dos Jardins. Um dia vai ser butique também. Mas, hoje, resiste. Pode demorar, mas sombras sempre resistem, e de alguma forma se manifestam, dão seu troco. Ninguém merdifica completamente o ser humano. Li que os escravos enchiam as paredes das senzalas de gozações contra os senhores e a vida na casagrande. Cartuns e mais cartuns riscados a carvão. Os tiques do patrão, a bunda da patroa, o penteado da sinhazinha, nada escapava. Hoje os escravos se defendem como podem. O office-boy vai e risca suas mensagens no elevador. O zelador quer matar ele em nome da ordem que nos dirige. Só que aquele guri acorda às cinco da manhã, pega um trem lotado, corre o dia inteiro carregando puro papel cretino, volta dormindo no ônibus pra ficar até a meia-noite numa escola que só funciona com polícia na porta. Que que faz? Risca o elevador. Vai riscar o mundo?

Ainda no mote das sombras que de um jeito ou de outro se manifestam, Barbato lembrou, frenético, o caso de uma paciente de Jung, perfeccionista, com mania de limpeza durante o dia e que, à noite, só sonhava com merda, chuvas de merda sobre a casa dela. E arrematou:

— Se faz que não vê, aí é que a merda chove, viram como funciona? Ninguém é só luz como gostaria. Todos temos uma sombra.

— Todos? — perguntou o Pessoinha.

— Bom, menos o Pelé, que contrata uma. Tá sempre metido com algum sócio meio esquisito aí.

De repente Pessoinha começou a apontar histérico para o carro onde estávamos encostados. Era um carrão todo descuidado e na poeira do capô alguém havia escrito: CARRO LIMPO, MENTE SUJA.

— As tais sincronicidades de que fala Jung — foi a minha vez de lembrar.

Rimos e continuamos, que a cerveja do barbicha não vinha mesmo. Pessoinha sugeriu que a gente procurasse um bar ali pela Vila Madalena, do outro lado da Rebouças, sob o argumento de que lá ainda se podiam ver as últimas saias compridas e as mais sinceras barbas da década de 60. Barbato cortou logo.

— Lá só tem modismo, cara. E você sabe: por trás de todo o modismo tem sempre um homem com pouco cérebro ou uma mulher com pouca bunda.

Barbato estava impossível, essa noite. Não falava, regurgitava. Barbato... Tão culto e tão assustado dos gafanhotos, como diria o primo Poty. Pessoinha um dia me disse que, numa redação de revista de auto-esportes onde ingloriamente ambos trabalharam, o apelido do Barbato era Nietzche. O dele, Freud. Onde eu fui me meter.

Fomos parar num bar da rua Pinheiros. Entre nós se formando um silêncio meio depressivo. Mal sentamos, Barbato regurgitou de vez. Acho que ainda não tinha esquecido o caso do crioulo com a dinamarquesa.

— Eu não gosto de mulher, cara. Eu sou o único heterossexual que eu conheço que chega e diz: eu não gosto de mulher. Do jeito que mulher consegue as coisas. Do jeito que se odeiam e se mancomunam entre elas. Da facilidade com que perdoam as barbaridades que alguma anda fazendo para conquistar ou prender (ai que palavra) seu homem. A falta de ética da mulher na vida afetiva só se compara à do homem na vida financeira. Elas praticam na vida afetiva todas essas merdas que alguns homens inventam para vencer na vida. Mas tem coisas só delas. Investir na relação... Que homem ia inventar uma coisa mais horrorosa dessas? Investem na relação de forma tão altamente profissionalizada que em poucas horas te enchem de culpa e dívida. Como adoram que a gente adoeça, perca o emprego, quebre uma perna, fique sem grana, beba demais e tenha crises só pra que possam, correndo, se sacrificar e firmar seus investimentos — na relação... Se liberaram, tudo bem, conquistaram uma série de coisas, tudo bem, mas os preços, que é bom, esses continuam os mesmos. Nisso continuam iguais, micheteiras pela própria natureza. Fizeram da própria xoxota a região mais profissionalizada do planeta, o dólar do mundo. Cotam ela sempre lá em cima. Por que xoxota vale mais que pinto, me diz? O prazer não é o mesmo? As feministas falam de boca cheia nas mulheres-objeto, como se elas nos saíssem de graça, não fossem pagas, e bem pagas, para representar o papel. Qual é, cara. Na prática a gente sempre tem que ficar devendo alguma coisa, um jantarzinho, um perfuminho, um casamento, um filho, uma vida? Se o prazer é o mesmo, por que é que elas nunca nos devem nada, nem quando chegam a um orgasmo múltiplo? Não, porra, homem nenhum tem que se iludir com as mudanças. Com a tal igualdade conquistada. Na nossa cultura, nestes gloriosos e liberados anos 70, mulher ainda é um ser que dá e cobra, homem é um ser que come e paga. E nós acreditamos que os joguinhos acabaram. Especialmente os machos mais intelectualizados, compreensivos, generosos. Ora, são os que mais andam por aí de saco cheio e pinto murcho. Cara: enquanto homem e mulher não se deverem um ao outro, senão...

E por aí, e por aí. Pessoinha ainda tentava sorrir compreensivo, eu como sempre não sabia o que dizer. Até que o Barbato parou sozinho e parece que se sentiu melhor, como se tivesse mesmo vomitado. Levantou, foi até o telefone, ligou, acho que para os filhos, voltou relativamente sereno. Mas aí sobre a mesa havia um bilhete pra ele recém-entregue pelo garçom. Num estilo suntuoso e vago o remetente declarava que fora impossível não ter ouvido as considerações do Barbato sobre mulheres, a certa altura se declarava um gaúcho solitário e incompreendido nesta cidade e quem sabe... Daí para a frente nada ficava muito claro. Olhamos instintivamente em volta e damos com um sujeito de terno creme, camiseta preta, óculos escuros, bigode ralo e um sorrisinho desses nascidos para justificar, em português, a palavra perfunctório. Instintivamente fomos nos levantando, saindo sem pagar e rindo como débeis mentais. Rindo subimos a rua Pinheiros, a Teodoro Sampaio e, completamente idiotas, quase aos prantos, fomos parar lá em cima na Oscar Freire. Ali ficamos os três, Barbato encostado num muro, exausto.

Foi quando o Pessoinha começou a apontar para o muro, outra vez meio histérico, sem nem conseguir falar. No muro em que Barbato estava encostado dizia: EU DOU, MAS QUERO A SUA ALMA. Quem assinava era uma tal de RÊ...

Era muita sincronicidade para uma noite só. Pessoinha agora bradava:

— Estamos ferrados, gente, estamos ferrados. Deus quando nos escreve no muro é porque a coisa é séria. Não foi assim que ele ferrou um tal de rei Baltasar lá na Bíblia?

Lembrei a cena do rei babilônio observando, em plena orgia, o profeta Daniel escrever na parede as três palavras que acabariam com ele e todo o seu reino, e tive que reconhecer. Desse jeito, estávamos ferrados.

15.

VIRGÍLIO, O EDITOR, RARAMENTE ME CHAMA NA SALA dele. Então já entrei um pouco assustado, donde me vem esse susto perpétuo?

— Sabe da maior? A doutora Júnia Denise, dos Recursos Humanos, veio aqui ontem me dizer que você não passou no teste.

— Que teste?

— O psicoteste que você fez no seu primeiro dia aqui.

Em segundos fiquei com boca seca e com o coração campo fora. Essa agora. Louco e desempregado.

— Calma. Eu não ligo muito para essas coisas. Disse que você é um bom cara, ex-padre e tudo, e está se revelando um bom jornalista. A última frase dela: *então fica sob a sua responsabilidade, o rapaz tem problemas.*

Na hora agradeci penhorado, tive até impressão de que Virgílio estava ligeiramente feliz por poder contar com um certo grau de loucura na minha pessoa, mas depois fiquei me perguntando se um dia, lá um dia, não vamos todos nos lembrar dos vaticínios dessa doutora Júnia Denise.

— Mas não era da psicóloga que eu queria te falar, é da Cibele.

Fez um sinal para a secretária e entrou a Cibele, uma morena maciça e otimista, cabelos pretos e lisos, fortes, de índio. Não sei por que me deu a impressão de que agora até o Virgílio andava querendo me acasalar.

— A Cibele é do novo Departamento de Documentação e vai ajudar você numa pesquisa sobre sua próxima matéria, que é sobre Jesus de Nazaré. Conhece?

— A Cibele?

— Jesus.

Jesus andava meio na moda, especialmente depois do sucesso em Nova York da ópera-rock, "Jesus Cristo SuperStar", prestes a chegar ao Brasil e a revista queria dar uma puta matéria sobre o Homem.

— Claro que o Cristo do Evangelho é por tua conta, mas queria que a Cibele te fornecesse dados sobre o Cristo histórico, como era a vida em Jerusalém, na Palestina daquela época. Uma coisa assim religiosa, mas histórica, viva. Jornalística!

Na saída Cibele sem mais me convidou para ver um filme russo, *Solaris*, que ela já tinha visto e adoraria rever com um cara como eu. Aleguei que era dia de fazer, imagine, supermercado. Terminei dando carona pra ela, que insistiu em me ajudar nisso do supermercado, sob o pretexto de que "homem compra tudo caro, errado e fora da validade". Ela chegara havia pouco de Bauru e era formada em sociologia.

No supermercado, um Pão de Açúcar ali da avenida Angélica, major Cibele simplesmente assumiu o comando da operação. Pegou um baita carrinho e foi em frente, impávida, eu meio comboiado lá atrás. A primeira coisa que, furungando, descobriu foi uma baita promoção de papel higiênico, e sem mais encheu carrinho e fomos andando com aquilo, eu morrendo de vergonha. Criado no pampa, meu encontro com o papel higiênico demorou um pouco. Lembrei até do nosso tio Aparício que, mesmo rico e morando na cidade, fazia questão de manter em casa folhinhas de jornal que ele mesmo recortava e enganchava à beira do vaso. No campo, como disse, nosso contato com a imprensa escrita foi bastante tardio. E agora eu morria de medo de que algum conhecido me visse passeando ali entre as gôndolas e luzes com aquele carregamento incômodo. O pessoal em volta parecia não reparar, mas eu me sentia um pouco obsceno com aquilo, e também um pouco humilhado pelo fato de que minha primeira experiência de obscenidade fosse passear por um supermercado com um carrinho cheio de papel higiênico.

Cibele nem aí. Pegava produtos nas gôndolas, olhava o preço e dizia:

— Caro pra dedéu.

Uma hora tentei pegar um modesto pacote de salsichas e ela foi logo me confiscando:

— Tem SIF?

Me explicou o que era SIF, olhou o preço e não gostou.

— Caro pra dedéu.

Eu já meio nervoso com aquele *pra dedéu*. Comecei a escolher uns limões e até nisso ela foi me catequizando:

— Os lisinhos, é só pegar os de casca lisa. Têm muito mais suco.

Depois ficou um bom tempo auscultando um simples abacate.

— Se o caroço está solto, amadurece mais depressa — explicou.

Logo me obrigou a devolver um pacote de pão de forma, horrorizada:

— A validade, não viu a validade? Vence amanhã...

Mas tudo assim com um jeito assim meio tiazona que não ofendia. E eu já estava mais calmo, agora que uma série de produtos cobria em parte o monte de papel higiênico. Como sou bastante sensível a texto, só voltei a ficar meio assim quando ela disse "agora vamos ver os matinhos". Chamar verdura de matinho era um pouco demais. Até abobrinha me obrigou a comprar. E por pouco me livrei do chuchu, que tudo deve ter limites na vida.

— Tudo é questão de saber preparar — ela ainda tentou rebater.

Por fim me comprou um monte de latas de leite em pó só porque estavam em promoção e ainda me cochichou no ouvido, sapeca mas quase lúbrica:

— Adoro promoção.

Felizmente não viu uma de absorventes íntimos logo ali na curva dos Matinais. Era só o que me faltava para comprometer ainda mais aquele carrinho.

E assim chegamos à gôndola dos xampus, vaidade que eu, como padre, até dispensava. Major Cibele, no entanto, foi logo perguntando se meu cabelo era oleoso ou seco e, diante da minha perplexidade, levou a mão na minha testa, apertou uma mecha entre o indicador e o polegar e nem precisou esfregar muito para concluir, friamente:

— Seco!

Claro que me ajudou a levar as compras até o apartamento. Percebi que deu uma rápida e fatal olhada em tudo, mas não falou nada, só se deu ao trabalho de verificar nas prateleiras se minhas latas de leite em pó e café estavam bem atarraxadas.

— Senão empelota.

Essa, pensei, entre encantado e assustado, essa é do tipo que pega a tua vida e, em pouco tempo, atarraxa. Desempelota. E confesso que pela primeira vez também reparei melhor nela. Uns centímetros a menos na cintura não lhe fariam mal, mas uma imperfeição, diga-se, que os seios decididos e o ar saudável largamente compensavam. E tão prendada, tão prendada, como sabe de SIFs, limões lisinhos, matinhos, promoções e validades. E prática, previdente: a certa altura perguntou se eu não queria ir com ela ver uma promoção de jazigos para famílias num cemitério do Morumbi. Pois é. Fosse eu um cara ajuizado, bem que poderia casar com uma pessoa assim sólida e objetiva, tão visivelmente capaz de nos atarraxar as tampas soltas da vida. Não sei se não é até uma questão de civismo casar com uma mulher assim. Primo José ia aprovar. O sobrenome dela, Orantes, é que complicava um pouco no caso de um ex-padre, mas tudo bem.

Parece que ela ouviu essas minhas ruminâncias todas, porque logo se pôs a fazer uma omelete de abobrinha. Imagine se a Maura, com todas aquelas formas, ia com tanta maestria acertar aquela volta no ar da omelete sobre a frigideira. A gente é que não tem juízo. Depois se queixa. Quem mandou.

No fim ela não quis provar a omelete, que de fato estava boa, e nem que eu a levasse em casa, morava perto, numa travessa da Consolação. Fiquei observando-a subir a última quadra da Cesário Motta na direção da Consoloção, rezando sinceramente por ela, pedindo a Deus que a livrasse de pseudo-intelectuais como a gente e a fizesse se casar um dia, de véu e grinalda, com um engenheiro do metrô chamado, de preferência, Carlos Eduardo, ou Sérgio Túlio.

Quanto à pesquisa sobre a vida de Jesus, Cibele agiu rápido. Dois dias depois lá estava eu conversando com um grupo de jovens atores num teatrinho do Bom Retiro.

— O que estraga Jesus é a divindade, que aí a gente fica imaginando ele todo luminoso entre nuvens cor-de-rosa e não sai papo que preste — disse São José.

— E eu que ainda não fiz a primeira comunhão — confessou Nossa Senhora.

— Eu pra pedir as coisas ainda falo com Jesus, mas não é um papo assim humano, espontâneo, desinteressado — agora quem falava é Jesus em pessoa.

Jesus, Nossa Senhora e São José estavam num intervalo do ensaio da peça Jesus Cristo na Era de Aquarius, de Chico de Assis. A peça parece que estava tendo dificuldades com a Censura.

Cibele foi me municiando dos mais diversos subsídios. Às vezes eu ficava assustado com o que lia. Numa pesquisa entre jovens de São Paulo sobre Cristo, um certo Luis

Eduardo, de 22 anos, declarava: "Jesus Cristo foi um padre famoso que nasceu em Jerusalém, ali por dezembro. Morreu no Dia de Finados, na cruz, parece que de cãibra." Cibele me recortou também um cartum do Henfil. "Jesus é alegria, Jesus é luz, Jesus é amor", dizia o Fradim Cumprido. "E agora em sabor limão", completava o Baixim. Não faltava o trecho de uma música do Roberto Carlos. "Quem poderá saber o caminho certo é você, meu Pai", cantava o Rei a Jesus, confundindo um pouco as pessoas da Santíssima Trindade.

Li o que pude e fui até o Virgílio confessar minha confusão. Não sabia que caminho tomar para traçar um bom perfil de Jesus.

— Ué, você não conhece bem o Evangelho? Não trabalhou pro Homem?

— Conheço. Mas os Evangelhos foram escritos 40, 50 anos depois da morte de Cristo. Foi tudo colhido da tradição oral, então o estilo é breve, ambíguo, há pequenas contradições.

— Pois então. Pega essas várias tradições, junta com a pesquisa da Cibele e compõe vários retratos d'Ele. O leitor depois que se vire.

— Cara! — eu berrei. — Cara!

A idéia era tão boa, tanta luz foi me baixando que eu pedi uns dias em casa para reler os Evangelhos e compor os vários retratos possíveis. Virgílio concordou na hora. Cibele ia me levando as pesquisas sobre Jesus e seu tempo, criava novas omeletes e até um sopa de cebola saiu, numa noite de chuva.

16.

COM AS PESQUISAS DA CIBELE NA MÃO E O EVANGELHO quase de cor na cabeça, escrevi três retratos de Cristo, rigorosamente a partir do que Ele disse e viveu. Num, Ele me saiu um Che Guevara indócil; no outro, um hippie sereno e, no terceiro, um teólogo holandês bastante anticlerical.

Eis como, basicamente, ficou.

Um Guevara contra o Império

Sábado à tarde na Galiléia, ano 30. Os camponeses de Nazaré estão reunidos numa sinagoga. Ali qualquer um podia falar. Quando o servente oferece o livro, um carpinteiro nazareno de nome Jesus se levanta. Nazaré era terra de Barrabás, um guerrilheiro, e nazareno queria dizer caipira, ignorante. Jesus desenrola o livro e lê o seguinte trecho do profeta Isaías:

"O Espírito do Senhor está sobre mim
Ele me ungiu.
Ele me mandou anunciar uma boa
notícia aos pobres
e proclamar a libertação dos prisioneiros
e dar luz aos cegos
e mandar em liberdade os oprimidos
e proclamar o tempo da amizade do Senhor."

Fecha o livro e fala, na lata:

— O que vocês ouviram começa hoje. Aqui e agora. Comigo.

Houve quem se espantasse:

— Ué? Mas não é esse o filho de José, o carpinteiro?

A Galiléia era uma tradicional terra de baderneiros, gente da pesada, sempre na mira da polícia e dos governadores romanos. Justo ali falar em libertar os pobres? Numa região de grandes latifúndios arrendados por bacanas que moravam na cidade? Era moda comprar terras na Galiléia, grandes e férteis glebas pertenciam a estrangeiros, o que só fazia aumentar a raiva de uns certos zelotas contra a ocupação da Palestina pelos romanos em 63 a.C. Os zelotes eram chamados de sicários porque portavam a sica, um punhal curto, e não hesitavam em matar em plena luz do dia. O lema deles: "Esta terra somente a Deus pertence." Um dos seus líderes, Finéias, proclamava: "Derramar o sangue de um estrangeiro é como oferecer um sacrifício agradável ao Senhor."

Nesse clima foi que Jesus rapidamente fez seus primeiros discípulos. E logo quem? Judas, chamado O Zelota, e outro, Judas Iscariotes, ou Sicariote, porque não dispensava a sica, ou punhal. E ainda um certo Simão Bariona, o Pedro, que se tornaria o chefe do grupo. Simão andava sempre com uma espada embaixo do manto, e em língua acádica *bariona* quer dizer bandoleiro. Jesus atraiu ainda dois violentos confessos, Tiago e João, os Irmãos Boanerges, ou Filhos do Trovão, e que uma vez queriam invocar o napalm dos céus sobre Betsaida e Cafarnaum só porque essas duas cidades ficaram insensíveis à mensagem do Messias. E cuja mãe um dia claramente pediu:

— Senhor, depois do golpe, quero que meus filhos se sentem um à tua direita, outro à tua esquerda.

Jesus na hora, solerte, desconversou.

Como também depois do milagre da multiplicação dos pães. Entusiasmada, a turma queria fazê-lo rei. Caiu fora. "Não é chegada a hora", disse. Vivia falando da sua hora. Tanto que depois de uma pregação mais comovente ou de um milagre mais espetacular, os discípulos pressionavam:

— É agora, Mestre?

Ele não confirmava, mas as insinuações eram claras:

— Eu não vim trazer a paz, mas a guerra. Quem não tem espada venda o manto e compre uma.

Ou ainda:

— O reino dos céus exige violência, e só os violentos o arrebatam.

A essa altura Jesus viu que gozava de grande popularidade, mas sua violência ainda ficava reduzida às palavras. Primeiro contra os fariseus e contra a aristocracia que se aliara aos romanos:

— Cuidado com os fariseus. Ficam na porta, têm a chave, mas não entram nem deixam o povo entrar.

Ou então contra os ricos em geral:

— É mais fácil um camelo passar pelo fundo de uma agulha do que um rico entrar no reino dos céus.

Bem já dissera a mãe d'Ele para a prima Isabel no cântico do Magnificat:

"Ele descerá os poderosos dos seus tronos
e elevará os humildes"

Um dia um inocente útil perguntou com uma moeda romana na mão:

— É lícito pagar tributo a César?

— Dai a César o que é de César a Deus o que é de Deus.

Em outras palavras: romanos, *go home*, esta terra é de Deus.

Esta Terra é de Deus era justamente o slogan dos zelotas contra os invasores romanos.

A hora se aproximava e tudo começou num domingo, em Jerusalém.

Em Jerusalém viviam os donos de terras, fiscais, hoteleiros, soldados, a aristocracia sacerdotal, além de diaristas e pequenos camponeses dos arredores, e mendigos, muitos mendigos. O custo de vida era quatro vezes mais alto que no interior e o comércio muito grande por causa dos sacrifícios de animais no Templo. Em Jerusalém funcionava também uma espécie de Banco Central, onde os abastados guardavam seu dinheiro e onde girava todo o movimento econômico do país, inclusive dos judeus que viviam no estrangeiro, na diáspora. Tudo era controlado pelo Sumo Sacerdote & Cia. E o Sumo Sacerdote era Caifás, membro de uma das melhores famílias de Jerusalém, já dera cinco pontífices. Mas naquele momento era Anás, seu genro, quem estava operando em seu lugar.

Era domingo, e Jesus entrou na capital pela porta de Efraim, perto do mercado. Era época da Páscoa e Jerusalém devia estar com uns 125 mil habitantes, por aí. O povão logo cercou Jesus. Crianças agitavam palmas, símbolos dos irmãos Macabeus, heróis da resistência nacional.

Foi quando tudo se precipitou. Por 30 dinheiros, cerca de dez mil cruzeiros, Judas deu o serviço e um centurião romano cercou com seus legionários o Monte das Oliveiras para estourar o aparelho de Jesus e seu grupo dos 12. Que viu? Um pacífico guru rezando num jardim, completamente noutra. Seus discípulos, sonolentos, mal esboçaram uma reação, ridícula para guerrilheiros durante três anos treinados.

Jesus não só se entregou fácil como até curou a orelha de um soldado ferido por seu comandante, Pedro. Foi aí que se viu. O homem não era um libertador coisa nenhuma. Era um hippie.

O primeiro hippie

Era um hippie e o Sermão da Montanha foi seu Woodstock. Com milhares de pessoas espalhadas pela grama, Ele próprio bem à vontade numa pequena elevação. Lá embaixo, azul, o Lago de Genesaré, e, por tudo, muita paz e muito amor.

E proclamava Jesus:

— Não é a vida muito mais do que roupa e comida? Então qual é? Olhai os pássaros do céu e os lírios do campo que não fiam nem tecem, não guardam em celeiros e meu Pai os alimenta. Procurai primeiro o Reino de Deus e sua justiça, que o resto vem numa boa.

Mandava amar a todos e não fazer guerra com ninguém, que isso de inimigo já era:

— Amando a todos vocês serão filhos daquele Pai que manda seu sol sobre bons e maus e sua chuva sobre justos e injustos.

E ainda:

— Felizes os pacíficos porque possuirão a Terra.

Depois saiu a caminhar pelas estradas da Palestina pregando um novo reino. Um jovem Lhe perguntou:

— Mestre, quero Te seguir. Podia me dar Teu endereço?

E Ele, na maior:

— As raposas têm suas tocas, as aves têm seus ninhos, eu não tenho uma pedra onde encostar a cabeça.

Outro jovem quis segui-Lo, mas era de família muito burguesa. Jesus:

— Vai, vende tudo o que tens e vamos nessa.

O rapaz se foi, muito triste, diz o Evangelho, porque para uma outra total não se sentia preparado. E Jesus começou a radicalizar nisso de desenquadramento completo da sociedade. Um futuro discípulo falou:

— Mestre, quero Te seguir, mas primeiro vou enterrar meu pai.

— Ora, deixa que os mortos enterrem seus mortos.

O homem não era fácil. Mesmo assim encontrou um grupo disposto a andar com Ele, pregando pelas aldeias e estradas a vinda do Reino de Deus, uma Era de Aquarius só de paz e amor entre os homens. O resto diante disso não importava muito. Tanto que uma vez estava Ele numa casa pregando quando sua mãe chegou preocupada. Alguém avisou:

— Tua mãe está te chamando.

E Ele:

— Minha mãe? Meus irmãos? Quem ouve a minha Palavra é minha mãe e meus irmãos.

Os parentes comentavam:

— Pirou.

Jesus entra em Jerusalém. Os fariseus representavam em carne, osso e largas vestes toda a opressão dos convencionalismos sociais da época. Primeira coisa que acharam em Jesus e seu grupo: sujos, nem se lavam antes de comer. Jesus ironizou:

— O que é de fora não mancha o homem, suja o que vem de dentro, do coração. A comida que vem de fora não vai para o coração, mas para o estômago e depois para a privada.

E começou a andar com gente de má reputação, inclusive os romanos. Romano ali era como americano em Hanói ou russo em Praga. Pois um militar romano estava com o filho doente e pediu a Jesus que o curasse. Fiel ao amor e não à guerra, Ele não só curou o menino como ainda comentou:

— Nem entre o povo escolhido vi tamanha fé.

E escolheu o publicano Levi, cobrador de impostos, quinta-coluna das forças imperialistas, como seu apóstolo.

Os fariseus então lembravam João Batista, este sim um durão, degolado na corte do rei Herodes depois de um xaxado de uma certa Salomé. De Cristo diziam:

— Bêbado. Boa vida.

Pintou um doutor com uma moeda romana na mão:

— Senhor, é lícito pagar tributo a César?

Jesus explicou que aquela moeda era um mero símbolo da sociedade de consumo e que se eles se davam bem transacionando com ela, que se arranjassem lá com César. Quanto a Ele, estava noutra.

O mesmo depois da multiplicação dos pães. Queriam, na hora, fazê-Lo rei. Mas Jesus viu que aquela turma, uma vez de barriga cheia, só queria saber da Sua ajuda para apressar a vinda das redes de supermercados e programas de auditório cheios de prêmios, indiferente às mudanças de coração que o verdadeiro Reino de Deus exigia. E se mandou.

Já uma vez, no deserto, Ele havia vencido a tentação do poder e do consumo fácil. Essas caretices. O tentador queria ser adorado em troca de todos os reinos deste mundo e suas módicas prestações. Jesus, na lata:

— Qual é. Adorar, só a Deus.

E foi assim que, no domingo anterior à Páscoa do ano 33, Jesus entrou em Jerusalém pela porta de Efraim, perto do mercado, montado num burrinho, símbolo, na época, do Flower Power, como já anunciara o profeta Zacarias: "Não temas, Jerusalém. Ele é simples e vem montado num burrinho." O povão agitava ramos de oliveira, símbolos de paz e amor. De longe parecia um festival hippie.

Mas aí passou Jesus pelo templo e viu a sociedade de consumo em mil transações em plena casa de Deus. E largou a flor e pegou um chicote e partiu para cima dos mercadores e dos cambistas. Mesmo sabendo que eles estavam ali protegidos pelas supremas autoridades sacerdotais de um povo teocrata. Os soldados romanos que lá do alto da fortaleza Antônia controlavam o templo nem ligaram. A investida de Jesus era mesmo contra os sacerdotes que permitiam aquela zona. Foi então que se viu. Não era um hippie nem guerilheiro coisa nenhuma. Era um anticlerical.

Um anticlerical de chicote

Um homem viajava de Jersusalém para Jericó, foi assaltado, espancado e deixado quase morto à beira da estrada. Um sacerdote passou e nem aí. Um seminarista (levita) passou e nem aí. Estavam ambos de reza marcada no templo. Até que um herege de um samaritano, raça desprezada, passou e socorreu o homem.

Um líder religioso foi rezar no templo:

— Graças Te dou, Senhor, afinal, sou um bom sujeito.

Um cobrador de impostos, raça desprezada, foi rezar também, mas só conseguia dizer:

— Nem levanto meus olhos, Senhor, porque não sou de nada.

Este voltou justificado para sua casa.

Essas histórias eram gozações diretas com os sacerdotes e mestres religiosos do povo. E quem as contava? Um sacerdote? Um leigo. Socialmente, Jesus nem pertencia à tribo de Israel donde saíam os sacerdotes. Como os profetas em geral, nem tinha diploma oficial do templo para ensinar. Por sua classe social, é bem possível que fosse até analfabeto. Mas na hora de perceber e denunciar as contradições da Igreja oficial do seu tempo, aí tinha a destreza de um teólogo holandês. E mesmo nas instituições religiosas os meios facilmente viram fins e em cimento transforma o fermento que lhes deu origem. É aí que surgem os profetas para, do meio da rua, consertar as coisas, com a pura força da Palavra. Em geral são abafados, ou coisa pior, até o próximo Concílio. Jesus era um profeta e o povo dizia:

— Puxa, esse fala como quem tem autoridade, não como nossos escribas e fariseus.

Era mais do que um profeta. Chegava a praticar coisas só a Deus reservadas: perdoar pecados, violar a Lei Mosaica. Isso no meio de um povo teocrata, educado no temor pânico de Deus. Que nos sábados não copulava e nem um graveto levantava por respeito ao Dia do Senhor.

Justo num sábado cura um doente, ordena que ele pegue o leito e vá. Diante do escândalo dos sacerdotes, teoriza:

— O sábado foi feito para o homem e não o homem para o sábado. Se um boi cai num buraco, todo mundo o retira, mesmo sendo um sábado. Se com boi pode, por que com gente não vai poder?

Os fariseus o tacharam de sem-religião:

— É por Belzebu que ele age.

E se diziam, eles sim, filhos de Abraão. Jesus apontava as pedras da rua:

— Dessas pedras aí Deus pode fazer filhos de Abraão.

Para os judeus o templo era tudo, e um dia Jesus vinha caminhando e viu uma mulher à beira de um poço. Samaritana. De raça inimiga dos judeus. A mulher perguntou:

— Afinal, onde se deve adorar a Deus? No monte, como nós, ou no templo, como vocês?

— Tempo virá em que Deus não vai ser adorado aqui e ali, mas no coração e na verdade.

O templo vivia em grande parte dos sacrifícios ali oferecidos por judeus do mundo inteiro. Jesus dizia:

— Quero amor e não sacrifícios.

Descia a detalhes:

— Quando estiveres para sacrificar no templo, e te lembrares de que teu irmão tem algo contra ti, vai lá primeiro, te reconcilia com ele, depois vem e oferece o teu sacrifício.

O primeiro encontro de Jesus com os homens do templo, doutores e sacerdotes, se dera quando ele tinha apenas 12 anos. Já então dissera, um menino, em outras palavras:

— Vocês estão por fora.

E, folheando as Escrituras, provou.

Agora dizia coisas mais duras ainda:

— Cuidado com os fariseus. São cegos guiando cegos.

— Coam mosquito e engolem camelos.

— Vergam as costas do povo com fardos que eles nem com um dedo tocam.

— Façam o que eles dizem, mas não façam o que eles fazem.

E a mais dolorosa:

— As prostitutas e os camelôs entrarão no Reino de Deus primeiro que vocês.

Os fariseus tinham um método muito simples para garantir seu poder: isolavam certos pontinhos da Lei, cumpriam rigorosamente e convenciam o povo de que quem fazia aquilo era bom. Eles faziam, logo eram bons. Até se vestiam de bons. Uma bondade, aliás, bem rentável: dava status, liderança política e direito de dedar os mais descontentes. Os romanos, sempre muito hábeis com povos dominados, logo perceberam esses modos religiosos dos judeus. E lhes concederam privilégios raros no colonialismo da época: redução do imposto imperial em favor do religioso; isenção do envio de tropas auxiliares para os Vietnãs da época; certa liberdade social, mercantil e religiosa. Podiam manter o sinédrio como tribunal de questões religiosas. Como que disseram aos homens do templo: "É o seguinte: mantenham o povo unido pela religião aí de vocês e vocês, os líderes, mantenham-se unidos a nós, caso contrário será pior para todos."

E vem Jesus, um carpinteiro da Galiléia, dizer que vai completar a Lei, que o templo, símbolo da Antiga Aliança, estava superado. Tudo alto e bom som, na praça pública.

Disse? Fez. Invadiu o templo, perturbou as vendas, aos presentes declarou que aquilo mais parecia um "covil de ladrões". Com isso desafiava o poder econômico, o religioso e, na época, o político. Tinha que morrer.

E morreu. Sem soldados, o que fora pressentido como um grande rebelde. Com uma coroa de espinhos na cabeça, o que vinha inaugurar o Poder da Flor. Acusado pela Igreja oficial, o que se insinuava Filho de Deus.

Só. Na d'Ele.

17.

— E QUAL ERA A DELE? — QUIS SABER VIRGÍLIO, MEIO nervoso, com o texto na mão. A gente não pode deixar esse teu Cristo assim, indefinido.

— E por que não? Fundindo, para sempre, a cuca dos séculos?

— Não pode. Isso é mística, teologia, sei lá. E esse é um texto jornalístico. Tudo bem essas três versões. Gostei mesmo. Mas, de certo mesmo, o que a gente pode dizer do teu Cristo?

De certo mesmo? Uma radical consciência de que n'Ele se passava algo decisivo não para o zelota ou o romano, o hippie ou o sacerdote, mas para o ser humano de todos os tempos: uma presença especial de Deus entre nós. Até que ponto ele próprio, no seu humano psiquismo, tinha conhecimento disso? Alguma consciência devia ter, e poderosa, porque em nome dela declarava supérfluo tudo o mais, bens terrenos, ligações familiares, convenções sociais, tradições religiosas, conveniências políticas. Em nome dela contestava, na maior, todos os limites do absurdo humano, simbolizados em última análise pela morte. Três vezes no Evangelho aparece brincando com a morte e no fim anuncia sua própria ressurreição. E ressurge, segundo as Escrituras, mas para poucos, sem show na praça. E foi-se confiando ao Espírito Santo a compreensão final da sua obra. Para as primeiras comunidades cristãs, Ele era, primeiro, o pregador nazareno, depois o Messias prometido, depois o Kyrios, o Senhor Ressuscitado, e só quase 300 anos depois da sua morte, no Concílio de Nicéia, em 325, presidido pelo imperador romano Constantino, foi declarado Deus, segunda pessoa da Santíssima Trindade. Esse é o Cristo da fé que deve ser aceito, como Ele mesmo pedia, com a alma de menino, como que nascendo de novo. Mas se tornou também um símbolo vivo da inconformidade com os limites deste mundo. Ao apresentar-se como o único absolutamente necessário, proibiu aos homens de se ajoelharem diante de qualquer outro destino sem rosto, dinheiro, poder, César, templo, tradições. Absolutos só admitia dois: o íntimo de cada um e o Pai no reino dos céus. Enquanto uma caminha para o Outro, tudo o mais é símbolo, balbucio, pesquisa, busca, liberdade, caminho, história. O Estado não é o Reino. A Igreja não é o Reino. Se o humor é o senso do relativo que nos faz suportar as manias dos absolutos, Ele é ainda o fundamento radical do humor, da leveza e da tolerância, e pode ser lembrado cada vez que, em nome da divinização do provisório, se oprime alguém.

Tudo isso eu cheguei a pensar, mas não soube como colocar no fim da matéria. Agora o Virgílio me cobrava algo parecido. Prometi tentar. Ele ainda perguntou:

— Não sei como você conseguiu, rigorosamente dentro dos textos bíblicos, sacar essas três versões de Jesus. Mas eu pergunto: se o Evangelho é tão importante, não devia ser menos contraditório?

— É, podia. Mas aí virava auto-ajuda. Não ia iluminar mais como ilumina a complexidade do real, a diária incoerência da vida. O próprio Cristo chega a dizer numa só frase: sede simples como as pombas e prudentes como as serpentes.

— Então estamos arrumados. Uma hora é uma coisa, outra hora é outra. E quem te diz o certo?

— Bom, para nós, cristãos, é o Espírito Santo. É Ele que te traduz o Evangelho, caso a caso, no fragor da peleia.

— Cara, você devia voltar pra Igreja.

Dois dias depois, final refeito e entregue, Virgílio me chamou de novo:

— Como é que dizia o teu companheiro, aquele lá da cadeia, o Cruzeira?

— .udeu, cara, .udeu.

— Pois é. O Montes quer falar contigo sobe a matéria de Jesus.

— .udeu?

— Não sei.

— Quem é esse Montes, afinal?

— Um relações-públicas com físico de estadista que pensa que é o editor e, o que é pior, escritor. Na prática, aqui dentro ele é um filtro entre as revistas e a diretoria, entre a diretoria e o governo, sei lá. Sabe como anda a censura.

— Mas na prática mesmo o que que ele faz?

— Amigos. Ou o que ele chama de amigos. Isso, no Brasil, é uma verdadeira indústria. Mas vai com calma. Ele marcou às onze. Por uma simples questão de poder, vai te receber às onze e meia, desculpar-se muito pelo atraso, interromper a conversa muitas vezes para dizer ao telefone: *Querido, e aquele nosso café, quando sai?* Aí vai te dar, autografada, sua obra-prima: *Marketing e comunicação social na empresa moderna*. E aí, e aí seja o que Deus quiser.

Quando já ia subindo, Pessoinha ainda me preveniu:

— Cuidado. Aquele sorrisinho de roedor não é só por causa dos dentes curtos.

Fiquei esperando na ante-sala do Montes, observando o vaivém da secretária, Edna. Pessoinha diz que adoraria fazer um livro sobre "essas comensais impotentes do poder". Depois terminou se perguntando se nós, jornalistas, não somos um pouco isso.

Passada meia hora, fui chamado e foi tudo como o Virgílio falou. Entrei, sentei, aceitei as desculpas e o livro, só que ele no telefone prometeu para um amigo, além do café, duas entradas para um concerto lotado no Municipal. Eu ali. Até que Élvio Montes deu os trâmites sociais por encerrados, pôs os óculos de meias lentes e com estudada calma dirigiu-se às laudas do meu texto esparramadas à sua frente. Eu confesso que já estava entre inebriado e assustado com o invisível gelo seco do poder que emana dessas pessoas. Será que elas vão desenvolvendo isso, essa sobranceria toda, hoje tem técnica pra tudo, ou nascem assim e aproveitam, já que vivem no país certo para tal?

— Gostei muito do seu texto, parabéns. A matéria foi, aliás, sugestão minha. Volta-se a falar muito na pessoa de Cristo e abril, com a Semana Santa, é o mês certo pra isso. Atualidade, meu rapaz, atualidade! Você vem da Igreja e, de certa forma, da eternidade. Aqui, não se esqueça: atualidade! Quanto ao texto, só fiz três observações, espero que você concorde. A primeira: onde Salomé dança um xaxado, ponha outro ritmo, nossos leitores nordestinos podem se sentir ofendidos. E depois, essa identificação de Cristo com Guevara... Aqui você mais do que ninguém sabe quem pode não gostar, os militares. Por que não tenta Tiradentes? Era rebelde, era barbudo e é herói nacional. A última é mera sugestão: por que você, com tudo o que passou com a Justiça Militar, não assina esta matéria com um pseudônimo?

Na hora não tive coragem ou não soube como reagir. Mas cheguei à redação com o texto aprovado, para júbilo geral. Fraguinha ainda não se conformava como o título, AS TRÊS FACES DE CRISTO. Muito sociológico.

— Afinal, para você, qual era a d'Ele? — perguntou.

— A outra. A infinitamente outra.

— Então taí o título: ELE NA D'ELE.

Foi como ficou. O Fraguinha, hein.

18.

TÃO ENVOLVIDO ANDAVA COM A MATÉRIA SOBRE JESUS que só na volta à normalidade percebi que havia ficado meio órfão dos meus amigos da noite. Fagundes andava por Santa Catarina a caminho do Rio Grande, Pessoinha dera de namorar uma jovem viúva, dona de uma pequena fábrica de confecções lá na Lapa, que se chamava Débora e era mãe de duas crianças. Débora tem uma amiga lojista muito simpática, Madalena, que Pessoinha, aliás, gostaria muito de me apresentar. Ele com a viúva, eu com a lojista, bem que poderíamos nos dedicar à Indústria e ao Comércio, sugeriu.

— Isso de mulher intelectual, jornalista e similares, já deu o que tinha que dar.

Débora e Madalena. Uma dupla de peso. Além da Indústria e do Comércio, o Antigo e o Novo Testamento.

Barbato vai ficar quase um mês fora numa matéria sobre a Amazônia. Antes de viajar, protagonizou uma triste cena com Maura, num dia todo ele de lances infelizes. A redação tem agora um aparelho de televisão na salinha ao lado, idéia do Montes para nos manter continuamente — atualizados! Logo de manhã Maura me convidou para assistir a uma reportagem sobre uma nova Delegacia da Mulher. Humildes donas-de-casa desfilavam compungidas enquanto a repórter invectivava firme contra a brutalidade masculina.

— Puta matéria — Maura repetia. — Puta matéria.

Nem percebemos a chegada do Barbato, que comentou assim sem mais:

— Gozado. A maior parte dessas mulheres tem cara de quem merecia mesmo uma boa porrada. Só estão aí porque não puderam faturar em cima do que levaram.

Eu não podia acreditar no que ouvia e Maura só se moveu incômoda na cadeira e aumentou, hirta, as baforadas do cigarro.

— Bom — Barbato continuou —, porque a gente bem podia compor muitas histórias, todas elas tão reais e comoventes como essas. Essa Jennyfer aí, por exemplo, com essa carinha tão de vítima. Pra começar, esse nome, Jennyfer, já denota uma mãe sonhadora. A mim é que esse y e esses dois enes não enganam. Certos nomes, vocês sabem, não são nomes, são um programa de vida. Os pais que chamam um filho de César Augusto ou Juscelino vão querer que ele chegue apenas a chefe do almoxarifado?

Maura e eu continuamos calados, mas Barbato agora se sentia na obrigação de aprofundar sua tese e parece que tinha encasquetado de vez com a tal de Jennyfer.

— Pois é. Não é difícil imaginar a história completa duma Jennyfer dessas. Casou com um pedreiro, o Jurandir, bom cara, sem grandes idéias, mas esforçado. Pela casa sempre procura fazer o melhor. Já a Jennyfer, essa, olha a cara dela, essa logo que pôde largou a escola e ficou por ali, vendo novela, se produzindo toda. Bem que um tempo andou pensando em armar uma com o Sérgio, que é motorista de uns bacanas lá na Chácara Flora, e sabe se virar. Mas o Sérgio, não sei, é metido a machão, mulherengo. Dizem até que ele e a patroa... Bom, o fato é que a pobre Jennyfer termina se conformando é com o Jurandir mesmo, boa gente, batalhador, corinthiano. Mas a verdade é que não progride muito na vida, mal conseguiu fazer um puxadinho na casa da mãe. Já o Sérgio um dia pinta no bairro de carro próprio, um chevettinho bem jeitoso, e a Jennyfer vai se sentindo cada vez mais frustrada, o dia inteiro, por qualquer motivo, piando amargura no ouvido do Jurandir, com esse jeito que só mulher sabe fazer.

.udeu, cara, udeu. Era só o que me ocorria, citar o Cruzeira. Maura fumando pálida de olho cravado na TV. Felizmente parece que Barbato estava prestes a concluir.

— Bom, então essa pobre Jennyfer aí começa a fazer ciúmes com o Sérgio, que continua pintando no pedaço, de Chevette e tudo. Diz uma coisa, insinua outra com esse jeito que... Bom, um dia o Jurandir se estrepa com o chefe lá na obra, um palmeirense. Chega em casa aperreado. Mal a Jennyfer menciona o Sérgio, leva a maior bolacha no pé do ouvido. E agora, carregada pela vizinha, aí tá ela dando entrevista na tal Delegacia da Mulher.

Eu rezando para que Maura deixasse pra lá. Ou gozasse com a complicada história conjugal do Barbato, que mais ou menos todos conheciam. Mas Maura é do tipo que não deixa pra lá.

— E daí? — baforou ela por fim. — O que você quer dizer com isso?

— E daí — fuzilou Barbato —, e daí que a porrada pode ser a forma mais primária, quase inocente, eu diria, de violência. Enfiar um tapa no ouvido é menos violento que enfiar um filho na vida de um cara só para prender ele, e quantas mulheres continuam fazendo isso, que é crime e devia até constar no Código Penal como seqüestro de espermatozóides ou, no mínimo, merecer orientação de uma Delegacia... do Homem. E daí que o tapa na cara pode significar um momento mais claro, até ingênuo, numa relação de violência onde são os dois que...

No vacilo do Barbato, Maura contra-atacou pesado, a coisa foi longe e feia e não sei como não fomos parar os três na Delegacia da Mulher. Em algum momento tive a impressão de que eles estavam acertando alguma remota conta pessoal, não sei. Sei que a muito custo consegui mandar a Maura de volta para a redação e o Barbato para a Amazônia.

— Tomara que esse babaca encontre a macaca certa e fique por lá — ela ainda me disse no corredor.

Logo sobrou pra mim:

— E você, cara, que tá começando, vê se pára de andar com gente que já tá voltando, e de quatro.

E as agruras do dia nem tinham terminado. Perto do meio-dia a sóbria Dráuzia me chega curiosamente metida num vestido todo em listras pretas e brancas. Os colegas, alguns meio no susto, começaram a elogiar. Quando chegou a minha vez, com distraída sinceridade declarei:

— Bonito. Parece a kombi da DD-Drin.

À risada geral que se seguiu Dráuzia deu de mão no dicionário de inglês e veio na minha direção, ruborizada como nunca vi. Me defendi como pude correndo entre as mesas e depois me homiziei junto à máquina do café. Ela terminou desistindo e, na hora do almoço, foi em casa e trocou de vestido. A tarde inteira trabalhou calada como sempre, protegida, como sempre, pela sua espessa cortina de fumaça. Dráuzia, que viveu seis anos na Inglaterra, traduz e adapta para a editora matérias de revistas e jornais estrangeiros.

Lá pelas seis, num impulso, fui e a abracei por trás e propus um jantar de desculpas no italiano do Pessoinha. Ela riu, aceitou e até agradeceu minha intervenção, disse que estava se sentindo mal dentro daquele vestido de viúva, como se diz agora, prafrentex.

19.

No restaurante, Dráuzia e eu trocamos nossas histórias de vida. Eu, o que se sabe. Ela, filha rebelde de família tradicional, um curso de literatura em Londres, casamento com um inglês, professor de literatura, uma filha de 16 anos que foi morar uns tempos com o pai. Família do tipo tradicional praticante. Pai ausente, mãe formal e um temível conselho de tios e tias coordenado por uma avó vitoriana. Uma noite, aos 20 anos, chegou em casa e o conselho estava reunido em torno da grande mesa da biblioteca. No meio da mesa, faiscante, sua cartela de pílulas anticoncepcionais. Outra vez, aos 22, decidiu viajar com o namorado e que ele, na véspera, dormiria com ela na casa. Nova reunião na biblioteca. Veredicto: podiam dormir juntos, sim, mas no quarto da empregada. Como coisa *dessa gente* tudo bem.

Um grande silêncio seguiu-se às nossas risadas. Então Dráuzia falou:

— Queria te dizer duas coisas com a mesma sinceridade da tua opinião hoje de manhã no caso do vestido.

.udeu, cara, udeu. Ainda tentei contornar:

— Que é isso. Legal o teu vestido. Corinthiano e tudo.

Mas ela foi em frente:

— A primeira é a seguinte. Não se iluda: especialmente nesta cidade e nesta profissão, muitas mulheres cansadas vão procurar em ti o Espírito. Ou também o Espírito. Mesmo as boazudas.

Não sei, ou temo saber o que ela queria dizer com Espírito, que pronunciou assim com maiúscula, e nem se, no caso das boazudas, estava se referindo especificamente à Maura.

— A segunda: você cita muito. Tem sempre uma frase para explicar cada momento, cada sentimento. Claro que, depois de anos de Igreja, não deve ser fácil pra você o contato com seus sentimentos reais, os bons e os outros. Mas tenta dizer o que está simplesmente sentindo, vê se não deixa a coisa ir pulando logo para a cabeça.

Eu estava ficando assustado. O que que essa bruxa, lá do fundo das suas fumaças, não sabe da gente? E ela nem tinha terminado comigo. Muita gente por aqui já me olhou com pena de mim no futuro. Mas ninguém com o misto de cuidado, curiosidade e ternura de Dráuzia ao dizer:

— *Look at you, look at you.* Esses dias eu li, acho que em Paulo Mendes Campos, que infância é quando a gente acha que a vida é de graça. Você, trinta e poucos anos e ainda quase não pagou preço nenhum na vida... Trinta e poucos anos e em pleno noviciado para este mundo. Um Kaspar Hauser saindo dos porões da Igreja... Trinta e poucos anos e ainda não sabe o que é ver a vida se estreitando, se estreitando... E, qualquer coisa, ainda pode chegar e dizer para o mundo: desculpem, sou novo aqui.

Outro silêncio. Dráuzia agora parecia distante e, por fim, hesitante. Essa idéia de vida como caminhos que se estreitam parece que terminou se voltando um pouco contra ela. Eu estava começando a respirar mais aliviado quando ela perguntou:

— Isso de sacerdócio, celibato, como na prática é vivido? Agora você já pode contar.

— Bom. Começa, claro, com um grande enlevo por Cristo, o Evangelho. Com o tempo, se a gente não se cuida, passa do enlevo para uma espécie de auto-hipnose. Depois, pelo que eu pude observar em certos colegas, vem a zumbificação, a completa zumbificação. Esses dias aí eu vi um bando de cardeais na televisão, com aquelas caras, aquelas roupas, meu Deus do céu.

— Sei.

— Sabe como?

— Pelo casamento. Se a gente não se cuida, não é muito diferente. Enlevo, auto-hipnose, zumbificação.

Ela, às vezes, diz coisas tão terríveis que acho que se não fossem as pausas do cigarro pra gente se recuperar um pouco... E tinha mais.

— Uma última coisa: depois de tantos anos de Igreja, cuidado pra não ficar com muita cara ou postura de bonzinho. Tenta desagradar, no mínimo, uma pessoa por semana. Sabe que todo bonzinho não passa de um mauzinho tímido à espera de oportunidade. Vai chegar o dia em que você, como todo mundo, vai sacanear e ser sacaneado. Para um cara tão educado ser especial, não vai ser fácil se sentir... igual. Machismo, orgulho, inveja, luxúria, covardia, vaidade... Todos temos um outro lado, só que o teu, acho, foi tão meticulosamente controlado que agora periga aflorar com tudo. Por isso não te preocupa com, de repente, certos sentimentos meio esquisitos. Não te preocupa. É a turma da periferia vindo pedir esmola no centro.

A turma da periferia vindo pedir esmola no centro... Engraçado. Falando, Dráuzia é simplesmente brilhante. Já o seu texto, andei observando, quase não voa, chega a ringir de correto.

Depois desse duro sermão sobre minhas maldades futuras, ela ainda quis saber se no seminário havia muitos casos de homossexualismo.

— Casos mais assim, não sei como dizer, de bichas místicas se escondendo atrás do celibato.

— Bom, não sei, nunca vi nada.

— Nada?

— Bom, no Seminário Menor tinha lá um alemãozinho, o Ingomar, que adorava as palavras silente, merencório e alumbramento. Nos discursos dele tinha sempre um vale silente, uma merencória luz e um alumbramento qualquer. Mas não sei se isso quer dizer alguma coisa.

Dráuzia ficou um pouco analisando e depois concluiu:

— Silente, merencório, alumbramento... Era! Esse era.

Vilmente ficamos rindo do Ingomar, que deixou o seminário anos depois e agora deve andar por aí, ensinando literatura e, imagino, cheio de alemãesinhos em casa.

Conversamos então sobre literatura. Ela disse que meu texto não é ruim, mas logo me aconselhou a ficar no jornalismo ou tentar, no máximo, a crônica. Depois de anos de Igreja, para a literatura mesmo ia me faltar não só liberdade interior para sentir e escrever tudo como também um certo sentimento de desolação que a fé impede. Pelo que entendi, eu estava condenado àquela esperança de quem ainda não passou pelo desespero. Jamais seria capaz de descer até o fundo do abismo, ia ter piedade antes, o que, para a boa literatura, é fatal. Quem sabe daqui a alguns anos, quando a brutalidade da vida me pegasse também, ela concedeu. Por enquanto, talvez ajudasse um pouco ler Kirkegaard, Nietzsche, ver certos filmes do Bergman.

— Essa gente — ela concluiu — pode acrescentar à tua formação de seminário uma boa idéia da complexidade do real. Bergman era filho de um pastor luterano.

Meio desnorteado, quase me defendi com aquela definição de um professor do seminário a meu respeito, "um raro caso de ingênuo capaz de ironia", mas depois considerei que a ironia pode não passar de uma forma covarde de desolação, um jeito simpático de contornar o abismo. Só achei meio injusto isso de ela vir empurrando pra cima de mim aquela sensação de céus vazios e silenciosos que costuma acometer os nórdicos mais sensíveis. Porque só pode, só pode. Vivem naqueles mares frios, de ilhas tristes e céus de chumbo onde Deus não tem mesmo a mínima fresta. Claro, ateísmo e desolação que se prezem têm que ser nórdicos. Nos trópicos os grandes enigmas terminam se derretendo como tudo o mais, sem grandes confrontos. Por aqui chega uma hora em que Deus também não se explica muito, mas com esse calor, essas frutas, essas matas, esses mares, a turma vai levando. Era o que eu meio ofendido queria dizer, mas aí achei essa minha argumentação um tanto corinthiana para uma moça que viveu em Londres com um professor de literatura.

Então não falei nada. Se bem que outra bronca antiga que eu tenho é com essa tal complexidade do real. Tudo bem, desde o livro de Jó que levar em conta a dor, a desolação e a precariedade do destino humano sobre a terra tem sido garantia de boa literatura. Como se o júbilo, a beleza, a generosidade, o riso solto, a doce ilusão e o puro encanto não fizessem também parte do real. Fazem. Por isso ele é complexo. O cruel sentimento de que tudo passa é tão real como a renitente desconfiança de que, não se sabe como, um de nós há de chegar um dia ao fim do arco-íris. Sem isso, aliás, não teríamos resistido, chegado até aqui. A desolação dá melhor literatura, mas ela não é tudo. Sei de um cara que se submeteu a uma regressão profunda, dessas de botar tudo pra fora desde a concepção, e o que o deixou mais admirado não foram os gritos, as pragas e os gemidos, mas as boas, as belas, boas e justas gargalhadas que também carregamos por dentro, presas. O que eu me pergunto é por que, na sinfonia geral das coisas, vamos ficando cada vez mais sensíveis à precariedade do cravo e à gravidade do *cello* e cada vez menos preparados para a íntegra alegria do trompete ou para a límpida convocação da trompa na manhã de sol. Isso há tempos eu me pergunto, mas achei que não era a hora de discutir ali.

Dráuzia acendeu um cigarro e foi pra longe outra vez. Tenho a impressão de que às vezes a alma dela também vai fumar lá fora.

Quando voltou a si foi para acrescentar que, no meu arsenal de defesas, eu tinha, além das citações, os amigos. Cruamente me perguntou se, depois de tão longo celibato (para padrões tropicais, explicou), eu não estaria mascarando meu medo das mulheres saindo com tipos como o Pessoinha, três casamentos falidos, o Barbato, um misógino completo, e o Jéfferson, um garanhão de subúrbio.

— Tenta sair sozinho, fica num bar, numa fila de cinema, num saguão de teatro, e deixa acontecer. Vai acontecer. Tem um bar e restaurante famoso aí, o Riviera, lá em cima, perto da Consolação, onde se reúne uma bela juventude universitária. A piada oficial lá, já vou te adiantando, é: fazer um corte epistemológico numa pizza.

Essa Consolação, hein. Ruinha mais dialética. Como se não bastasse aquela igreja perplexa lá embaixo, o baita cemitério na subida, tem também o Bar das Putas e, agora, esse tal Riviera das moças letradas. Só para quebrar o silêncio, falei:

— Sabe o que que o Pessoinha esses dias me disse? Na tentativa, acho, de me preservar do casamento? Bundas passam, o perigo é mulher com luzinha.

— Ele disse isso?

— Disse.

— E pelo menos explicou o que é *mulher com luzinha*?

— Não. Disse que só vendo.

Dráuzia ficou um bom tempo pensando, não sei se chocada ou encantada com a advertência do Pessoinha, e de repente sem mais perguntou:

— Você já...

Meio sem jeito, tive que reconhecer:

— Já.

— Foi legal?

— Não.

— Por quê?

— Confundi uma boa amiga, uma pessoa muito valiosa, que me ajudou muito numa matéria, com uma possível namorada.

— Mas... funcionou?

— Essa é a palavra.

— Tudo bem, nessa história começos gloriosos são raros. Mas sabe o que muita vezes atrapalha a performance de vocês? É a falta de tesão mesmo. O que vem a ser uma falha, em última análise, de sinceridade. Vocês estão falhando com vocês, não com a mulher. Esses dias ainda vi numa revista o Marcello Mastroiani dizendo que todo homem é bom amante quando está com a mulher amada.

Me manda pro Kirkegaard e o Nietszche e agora vem com o Marcello Mastroiani, mas tudo bem. Umas tragadas depois ainda se sai com esta:

— E vê se não te impressiona muito com toda essa tremenda erotização da vida que anda por aí. Nem com o excesso de publicidade envolvendo sexo, nem com as conversas da turma em volta. Um dos meus terapeutas dizia que a felicidade é silenciosa, o que muito tilinta é porque está um pouco fora do lugar.

Que grande, pensei, que grande e misteriosa e íngreme mulher. Eu tinha vontade de abraçá-la, profundamente. Mas só me restou levá-la em casa no meu fuscão azul. Fumou o tempo inteiro. Só emergiu das suas névoas para dizer de repente:

— Como síntese da tua nova vida, sabe o que que você devia aprender agora?

— O quê?

— A dançar.

— Dançar?

— É. Dançar. Isso acho que os padres lá seminário não ensinaram a vocês.

— Bom, tentei brincar, às vezes bem que a gente tinha uns farranchos por lá, ficavam uns dez com batina, uns dez sem batina...

Ela não riu, ou nem registrou, e eu, de idiota, ainda tentei explicar:

— Claro que não é a mesma coisa...

Dráuzia continuou calada e eu senti que ia levar um bom tempo para digerir aquela noite do nosso jantar.

Ao chegar em casa, liguei distraído a televisão e um magricela meio careca e de sotaque espanhol dizia a uma telespectadora que não se preocupasse, que o orgasmo é como ônibus, perde um, vem outro.

20.

JÉFFERSON, QUE POR INSTINTO SEMPRE FOI UM SUJEITO objetivo, andou fazendo um curso de gestão moderna de empresas e voltou — executivo. Industriado pelo Montes, reuniu a redação para falar de novos conceitos de produtividade. Escandiu enfezado palavras como alocar, agilizar, alavancar, focar, plugar e, especialmente, maximizar, que ele insiste em dizer maximilizar. Cochichei minha confusão ao Pessoinha, que procurou me tranqüilizar.

— Calma. É tudo o que a gente vem fazendo, só que em executivo. Os homens lá em cima até que gostam da gente, ganham dinheiro com a gente, mas no fundo nos consideram uns sujeitos meio esquisitos, difusos, imprevisíveis. Aí vão e preparam tipos como o Jéfferson para *maximilizar* a gente.

No fim da sua empolgada arenga, Jéfferson alegou que não era cara de impor e queria ouvir todo mundo. Ninguém falou muito e o Pessoinha acho que resumiu o sentimento de todos:

— É isso aí, Jéfferson. Quem não se aloca não se maximiliza.

O que virou, entre nós, um mantra executivo da maior valia nas mais diferentes situações e que podia inclusive ser invertido: quem não se maximiliza não se aloca. Mas, pelo menos para mim, o efeito não é o mesmo.

No dia mesmo da palestra, Jéfferson veio me dizer que admirava muito o meu potencial, mas que eu devia conhecer gente nova, fora da redação. Gente normal, só faltou dizer. Terminou me convidando para ir beber com uns amigos dele sexta à noite. Fiquei meio assim com isso de sair com um sujeito que com tanta facilidade aloca, foca, agiliza, alavanca, maximiliza e, bobeia, pluga. Mas o Pessoinha andava com a viúva dele na Lapa e o Barbato entre os caboclos da Amazônia. Mesmo assim, não só estranhei o convite como às vezes acho que a melhor maneira de andar nessa cidade é ostentando o humor de um francês e a boa vontade de um beque central uruguaio. Porque nessa cordialidade em que vivo me torno um sujeito demasiadamente convocável. Já deu pra notar que as mais diferentes pessoas me olham achando que eu sou o cara. Ora, já deu pra ver, não sou.

Jéfferson ficou de me pegar na portaria do prédio, mas em má hora decidiu subir. Mal entrou, deu um berro tão sincero que eu pensei que tivesse visto um fantasma.

— Porra, cara!

— Que foi?

— A cama! A cama!

— Que que tem a cama?

— De solteiro, porra! De solteiro!

— E daí?

— E daí que você é o único solteiro em São Paulo que tem no apartamento uma cama... de solteiro. O mundo todo se liberando e você aí numa cama de solteiro.

— Bom, essa eu arrematei aqui mesmo no prédio.

— Que é isso, cara. Mas o que é isso. Vou te arrumar a cama certa. Tô reformando o meu ap aqui em São Paulo.

Nem sabia que ele tinha outro. Jéfferson já estava examinando a cortina do janelão.

— E essa cortina verde?

— Também herdei. Que que tem ela?

— Porra, não vê? De veado! Veado ou palmeirense.

Eu também não gostava muito dela.

— E o bar? Cadê o bar?

— Bar?

Ele sacudiu a cabeça, sinceramente decepcionado, quase ofendido.

— Cara, nunca ouviu falar do uisquinho antes? Em que mundo você vive?

Nem falei do chá. Falo do chá e ele me dá uma porrada.

Mais à vontade, Jéfferson sentou na cama, sacudindo a cabeça e erguendo os braços em volta.

— Cara, isso parece uma cela de monge. Você deixou a Igreja, não é feio, ganha bem, tem mais é que cair na vida, como eu, como todo mundo: na marra.

— Por onde começo, mestre? — tentei gozar.

— Pelo que der, pelo que pintar. Sabe aquilo que a Igreja falava: evitar maus pensamentos.

— Sei.

— Pois não evite. Não evite. E sabe aquilo que os padres perguntavam pra gente no confessionário, em caso de sacanagem: sozinho ou com outros?

— Sei.

— Pois manda ver. Sozinho ou com outros. O Pessoinha me falou que, na sua dispensa de padre, você ganhou até um alvará do Papa liberando geral, em latim e tudo.

— Pois é.

— Então? Se preciso, mostra.

Eu não conseguia imaginar a situação. A moça ali e eu puxando a carta do Papa me dispensando do celibato, em latim. Mas o Jéfferson nem aí, empolgado, minucioso. Com tal fúria executiva ia programando meus futuros pensamentos, atitudes, móveis e desejos que, uma hora lá, quase cheguei a ver minha vida inteira até ali como um desses estabelecimentos que fracassam e em cuja fachada de repente aparece, em letras vermelhas: SOB NOVA DIREÇÃO.

— Cai na vida, cara. Cai na vida. Os tempos mudaram, agora com a pílula a mulherada tá que tá. Inventa umas histórias, tira partido da tua inexperiência. Espalha um negócio assim do tipo: quem dá pros padres empresta a Deus. Essa é boa, essa boa, vai espalhando, o negócio é espalhar. Quem dá pros padres empresta a Deus... Cara, deixa eu fazer teu marketing.

Fechou os olhos e ficou sacudindo a cabeça, rindo sincero, quase humano, da sua grande sacada. Antes de ir ao banheiro fazer xixi, disse que qualquer dúvida sobre sexo eu poderia conversar com ele, sem medo, com toda a franqueza.

— Com toda a franqueza, meu. Somos homens, somos amigos. Qualquer coisa sobre Igreja, Deus, essas coisas, eu também vou te perguntar.

Pode ser frescura de neófito, mas no princípio era o Verbo, e se uma coisa eu gostaria de discutir com alguém são as palavras empregadas para expressar os atos e os órgãos do sexo. Trepar me soa animalesco, e de uma animalidade ruim. Transar me parece utilitarista, que por sua vez é uma das palavras menos eróticas da língua portuguesa. Comer também não é amoroso, é capitalista. Foder é raivoso e fazer amor, coisa de francês. Cópula me parece como uma fricção de nódulos. Alguns pernósticos falam em intercurso sexual, o que me parece tão erótico como um homem e uma mulher se acenando de dois municípios vizinhos. E os órgãos, meu Deus, os órgãos. Pênis é tão animador quanto uma lombriga, vulva tem seu mistério, mas vagina sabe, o remédio. Os apelidos também não ajudam. É puro esculacho. Vagina, que já é sem graça, aqui em São Paulo chamam de *a perseguida*. A perseguida, meu Deus. Assim eu volto pra Igreja.

Mas quando Jéfferson voltou do banheiro, eu já não estava nada muito convicto de que ele fosse a pessoa mais indicada para discutir comigo essa triste semântica do sexo. Porque como é que eu podia chegar e dizer: cara, tu que é do ramo, por que não arruma umas palavras bonitas para essas coisas? Jéfferson não ia entender. Ele, aliás, é que tinha uma confissão a fazer.

— Eu, cara, sabe como é que eu comecei?

— Como?

— Fresteando?

— Fresteando.

Contou que, adolescente, morou em Mogi das Cruzes com uma tia viúva que alugava quartos para moças do interior. Era uma enorme casa de madeira e ele foi esculpindo, aqui e ali, frestas estratégicas. No começo espiava todas, depois se fixou numa alemãzinha de Monte Verde.

— Cara, uns 18 aninhos. Se despedia do namorado lá embaixo e vinha todinha para mim. Tive até que ajeitar, milímetro a milímetro, um armário que atrapalhava um pouco. Cara, ficou no ponto!

— Mas você podia tentar namorar ela?

Ele só me olhou com pena, sonhador.

— Cara... E nos sábados então?

— Que que tinha nos sábados?

— Higiene completa, cara. Higiene completa. Primeiro ela tomava um puta banho. Depois vinha e ia botando talquinho aqui, talquinho lá. Lá, cara, era demais. E na hora das unhas, então? As unhas do pé eram a melhor parte. Ela ali sentadinha, peladinha, numa cadeira bem de jeito na minha frente. Levantava um pé, depois o outro, tudo devagarinho, sabe como alemão é minucioso.

Eu confesso que já estava ficando vilmente perturbado com aquela história do Jéfferson. Mas de repente ele é que parece que se enredou nas suas memórias de fresteador e ficou um bom tempo com um olhar perdido, quase triste, contra o teto. Parece que, lá do fundo dos tempos, algo ou alguém fresteava o grande fresteador. Quem podia ser? Com Jéfferson nunca se sabe. Acordou de repente, olhou o relógio e reassumiu o comando:

— Bom, vamos indo. Eu só estava tentando te encorajar um pouco.

No carro, a caminho do bar, voltou completamente a si e foi me receitando um bom apartamentinho próprio, munido de toda uma tecnologia de liberdade e solidão. Máquina de lavar, secar, um freezer para os congelados, azulejos até o teto, pisos perfeitamente laváveis.

— Mulher só para o estritamente necessário. Sem brechas. Olha o que eu estou te dizendo, cara: sem brechas. Qualquer brecha elas aproveitam.

Falando nisso, não parava de buzinar para moças mais jeitosas que passavam:

— Tem que homenagear, tem que homenagear.

Quando, num farol, à nossa frente passou uma loirona agarrada num baixinho magro, Jéfferson só ficou sacudindo a cabeça, meio puto, para depois concluir, já mais técnico:

— Esse aí alguma gracinha deve saber fazer.

Enfim chegamos a um bar em Moema, onde os antigos companheiros de seu primeiro emprego, um consórcio de automóveis, já se encontravam em adiantado estado de libação aos frouxos deuses que presidem os começos de noite de sexta-feira nesta cidade. Tratava-se de uma turma bastante eufórica, normal, e cuja parca vida interior parece que girava, toda ela, em torno do intestino grosso: comiam, bebiam, palitavam, iam até o banheiro, mijavam, arrotavam, desflatulavam-se, voltavam e bebiam, comiam, palitavam. Falavam de tudo sem se fixar em nada, a única regra era, como no nosso futebol da cadeia, começar a frase com *porra* e terminar com *caralho*. A expressão mais recorrente era *foder com a concorrência*. Acho que *porra, o negócio é foder com a concorrência, caralho* seria considerada ali uma frase perfeita. Bom, e mulher. Que pelo jeito fazia parte da concorrência. A certa altura um tal de Carca perguntou para um vesguinho, tido como o teórico do grupo:

— Porra, cara, só não entendo qual é a da Geórgia.

— E mulher é pra entender, cara?

Sorriu de um jeito que dizia pra que mulher era.

Eram vendedores, mas não falavam vender, diziam cravar.

— Porra, cara. Essa semana cravei aí um carinha legal. Um professor. Foi do caralho.

E contava:

— Não foi fácil. Professor ganha pouco.

No fim até eu não sei como fui me animando, porra. Bebi umas tantas e já conseguia olhar com simpatia meus novos companheiros, caralho. Acho que era aquilo que eu queria e tinha vergonha de pedir a Deus. Aquele desempeno, aqueles egos de retroescavadeira. Esses é que sabem o que o mercado quer. E vão lá e cravam. Bebi mais umas tantas e dentro de mim um cara que eu não conhecia, de bigodinho, ululava sem parar: homem é isso aí, cara. Homem é isso aí. Um ser que bebe, arrota, palita, peida, crava e, bobeia, fode com a concorrência. Um pouco de normalidade não faz mal a ninguém. Olha os japoneses, como bem lembrou o vesguinho. Olha só os japoneses. A turma lá não quer nem saber, sai do trabalho, vai prum bar ali perto e bebe pra caralho. E o Japão, cara, não está fodendo com a concorrência? Cravando até nos Estados Unidos?

Concordamos todos.

No fim Jéfferson foi me deixar em casa, eufórico. Na despedida ainda me disse:

— É isso aí, cara.

Foi uma boa definição da jornada.

Subi ao apartamento e comecei a me sentir mal em todos os sentidos. A alma apertada, decidi andar um pouco. Caminhei até a Igreja da Consolação, que fica aberta a noite inteira, e me perdi do mundo sentado num banco, as mãos no rosto. Depois fui descendo a Rego Freitas até aquela banca de flores do largo do Arouche que também fica aberta a noite inteira. E foi então que vi Laura Prates.

Certas palavras parece que nasceram para justificar certas pessoas. Esbelta. É como sempre me lembrava dela. Esbelta. A senhora mais bonita do mundo, eu na época respeitosamente pensava. Uma beleza de deusa distante, não sei como dizer. Vivia numa cidade vizinha onde eu, desde seminarista, ia às vezes ajudar o vigário, meu amigo. Casada com um pediatra baixinho careca e de olhos verdes, sempre muito bem-vestido e impecavelmente perfumado. Quando as filhas foram fazer faculdade em Porto Alegre, não sei como o baixinho elegante de repente se soltou. Deu de tentar casos com quantas mães de pacientes bobeassem. Engravidou, diziam, a filha de uma ex-empregada, uma menina de 17 anos. A pretexto de cursos e seminários, mantinha, diziam, uma amante em Porto Alegre. Confusa, humilhada, Laura Prates continuou esbelta e serena, mas teve sua beleza como que petrificada. Continuou o braço direito das obras sociais do meu amigo, o vigário. Nas minhas breves passagens pela paróquia, poucas vezes falei com ela. Um dia elogiou uma crônica minha no jornal e me perguntou se eu não tinha outras que pudesse mostrar. Fui uma tarde levar algumas no casarão da praça da Matriz. Me recebeu no arejado atelier onde trabalhava com jóias e pequenos objetos de decoração. Logo vi que as crônicas eram um pretexto e ela queria falar sobre a vida em geral. Só que a coisa não andava. Uma hora eu disse que tinha visto suas filhas, as duas muitas bonitas, na coluna social de um jornal de Porto Alegre. Ela concordou que estavam lindas, mas que no fundo a gente sonha com filhos mais humanos e menos mundanos. Deu a entender que bem diferente era a filha que uma doença rara levara. Depois de um silêncio, começou: "Padre..." Mas não continuou. A contragosto, os olhos nublados, voltou às crônicas. Daí a pouco chegou o marido, lépido e perfumado como sempre. Achei que nossa conversa ia continuar em outra ocasião. Nunca mais a vi. Meses depois, pretextou uma indisposição para não ir ao casamento de um parente no Rio e, na volta, o marido e as filhas só encontraram em casa este bilhete lacônico: "Não se preocupem, eu estarei bem." Foi discretamente procurada pelo país inteiro. Falou-se até numa comunidade de "desaparecidos voluntários" no norte do Chile e num convento de carmelitas em Lima, no Peru. Nada. Isso de morrer para uma vida e nascer para outra é um claro conselho evangélico, foi o que Jesus uma noite sugeriu a Nicodemos, e meu fascínio por Laura Prates só aumentou. Uma noite o marido me procurou para saber se, naquela tarde no atelier, ela não havia falado nada sobre essa sua morte em vida. Minha recusa em colaborar parece que o irritou. Chegou a insinuar que podia sentir o dedo da Igreja "nisso que ela nos fez" e se foi dizendo que não esperava mesmo que um padre comunista pudesse confortar um fiel num transe desses. Faleceu uns anos depois de um ataque cardíaco. No enterro, a imaginação do povo correu solta prelibando a repentina chegada da viúva. Presentes as duas lindas filhas, ambas já com noivos bem-postos na vida. Da mãe, nada. Cheguei a me lembrar daquela dura frase de Cristo a um jovem e hesitante discípulo: "Deixa que os mortos enterrem os seus mortos."

E agora, ainda sem poder acreditar, eu via Laura Prates descendo de uma Kombi para entregar um cobertor e, acho, um prato de sopa para uns mendigos do largo do Arouche. Discretamente fui me aproximando, e não tive dúvidas. Era ela. Esbelta, grisalha, serena, era ela. Conversando tranqüila com o senhor de óculos e com a gordinha alegre que a acompanhavam. Perguntei ao cara da banca de flores quem era aquela turma. Um pessoal muito legal que sai à noite para confortar mendigos, ele me disse. Fiquei por ali, pasmado, encostado no poste da esquina. Nos filmes de guerra sempre me impressionou a expressão "desaparecido em combate". Quando a Kombi passou, Laura Prates conversava com a gordinha mas por um segundo se voltou sorrindo, olhou rapidamente na minha direção e me pergunto se, tantos anos depois, teria me reconhecido.

E agora?, voltei pensando, a cabeça em chamas. E agora? Avisar a família? Nem pensar. Voltar outra noite para tentar conversar com ela? Meio sacrílego. Meio sacrílego. Um silêncio desse preço e desse tamanho tem mais é que ser respeitado. Cheguei em casa ainda assombrado com a minha descoberta, a cabeça girando nervosa em torno da história da minha amiga perdida, renascida. Mas também reconfortado pelo seu vulto digno, pela absoluta solidão da sua coragem de desaparecida voluntária em combate.

21.

A MATÉRIA SOBRE AS TRÊS FACES DE JESUS VIROU UM sucesso complicado. Cartas e mais cartas. Virgílio me cumprimentou sincero, jornalista, mas Élvio Montes, político, ficou impressionado e disse que a revista devia publicar algumas e eu responder outras, as mais delicadas, diretamente ao leitor. Assim fiquei mais tempo na redação e decidi fazer algumas visitas que venho protelando, uma ao Sindicato dos Jornalistas e pelo menos duas ao médico.

No sindicato vejo a melhor forma de uma certa atuação política. Vivo explicando que minha prisão como padre foi uma coisa mais municipal e pessoal do que ideológica ou partidária. Perto do que ouço de presos políticos aqui, de heróica não teve nada. Mas sinto que minhas agruras profissionais e afetivas andam minimizando demasiado aquilo que é simplesmente evangélico, a luta pela justiça.

Dráuzia não mencionou, mas também nisso ando me cercando de pessoas pouco engajadas. Com meus amigos Pessoinha e Barbato, assuntos como ditadura, tortura, guerrilha e censura não vão em frente. Pessoinha é generoso, soube que mais de uma vez já acolheu e ajudou vítimas da repressão, mas sua maior preocupação com o país no momento diz respeito ao fato de que as mulheres brasileiras andam assustadoramente ganhando em cintura o que em bunda estão perdendo. Já o Barbato, que foi líder estudantil nos tempos de ginásio, parece que hoje estende à política suas broncas com casamento e mulheres. Facilmente descamba para a violência das ilusões perdidas. A fúria bíblica com que, de repente, esbugalha os olhos e as idéias. À noite em geral saímos os três na sua Kombi, carro considerado menos propício a assaltos e outros assédios.

Um noite dessas, em plena Kombi, vociferou:

— O povo no poder. Ora, o povo no poder. O povo não quer um operário no poder. O povo quer se chamar Wellington.

— Wellington?

— Ou Wesley, Wendell, William.

Não sei como desembocou no Fidel Castro, que para ele não passa de "um Idi Amin do Caribe, a mulher barbada do circo em que se transformou o socialismo".

— Hoje um cara bem-informado só pode venerar Fidel Castro por motivos de duas ordens: infanto-juvenil ou homoerótica. Depois dos 30 anos, os de ordem homoerótica são mais respeitáveis.

Arrematou perguntando:

— Quem não sonhou com uma boa revolução socialista? Só que, na prática, ela ainda tem que se explicar. Porque ou não dá certo e vira uma ditadura militar, ou dá e redunda num país de funcionários públicos. Qual dos dois é pior, me digam?

Mas gente não diz muito, que ali não adianta argumentar. Parece que sua estrutura de pensamento repete a do seu meio de transporte que, como disse, é uma Kombi. Então deixamos correr. Do Che Guevara então ele nem podia ouvir falar:

— Ajudou a derrubar um tirano caindo de podre, tudo bem. Mas, depois, o que fez? Fuzilou uns, fuzilou outros, virou ministro da indústria e comércio, viu que revolução é coisa séria e o que fez? Foi tentar entender e mexer com as engrenagens de produção para mudar de fato este mundo? Compreendeu que a redistribuição de riquezas não é uma questão moral, ideológica, mas de imaginação e gestão? Porra nenhuma. Porra nenhuma. Pegou o fuzil e, para não perder a aura, foi dar mais uns tirinhos lá pela África para logo depois morrer de incompetência na Bolívia. Como o adolescente que nunca deixou de ser, um mártir da própria aura. Mas, vamos reconhecer, mesmo morto, deu uma sorte danada: saiu parecido com Jesus no retrato e até hoje taí enfeitando parede de burguês de esquerda.

Eu ia dizer alguma coisa, mas na deixa *Jesus* ele passou a cair de pau no lado tirânico da Igreja quando está por cima, na espantosa crueldade das guerras e perseguições religiosas. Nisso eu ainda tentei concordar, reconhecer que, de fato, é só repassar a História para ver o quanto a pureza e a fé mataram mais do que o pecado e a dúvida. Mas ele nem ouviu direito. Parece que, à força de enxergar longe e fundo, ouvir o próximo não é o forte dos grandes profetas.

O Barbato é fogo. E o existencialista é tão arretado como político. Uma noite, para exaltar a função humanizadora das coisas simples, defendeu a tese de que as Cruzadas só aconteceram por falta de novela e Corinthians e que nós, intelectuais untuosos, ao menos uma vez por mês deveríamos exercer aquela banda felliniana da alma que adora puta gorda, banana split e filme com o Charles Bronson. Outra noite me falou das suas dificuldades de relacionamento com pessoas que acreditam muito em uma destas três coisas: reencarnação, índio e executivo de esquerda.

Eu não sei se ele acredita mesmo nessas teorias ou se elas não passam de coisas que só em Kombi se diz. Na hora, impressionam.

Quanto à saúde, devo procurar um médico para esse zumbido no ouvido e outro para o meu joelho direito, operado, mal operado, do menisco. Peguei o guia do nosso convênio e fiquei analisando a lista dos otorrinos. No fim optei por um tal de doutor Ary Rogério Pafundi, na certeza de que um sujeito com um nome desses só podia entender de zumbidos. Mal passei o telefone para nossa secretária-geral, dona Gilcemar, vi que ela ficou meio pálida e com os olhos úmidos.

Então contou. Por seis, sete anos fora namorada de um promissor estudantezinho de medicina, seu conterrâneo em Araraquara. O Aryzinho. Deu-lhe aqui todo o apoio tático, econômico, afetivo, sexual. Mal se forma, que faz o mediquinho? O hoje doutor Ary Rogério Pafundi? Casa com a promissora filha de um fazendeiro da cidade.

Assim que já entrei meio bronqueado no consultório do doutor Ary. Puto com os mínimos detalhes. Com o luxo cafona dos móveis e as ancas da enfermeira loira que dizia no telefone:

— A senhora não se preocupe. Lá todos os nossos pacientes são classe A.

Que filha duma puta. Ainda bem que agora posso dizer. Mas que filha duma puta. E nem tão gostosa é, como pensa. A rigor, a rigor, ela tem mais cadeira que bunda. Vamos ser honestos aqui. Técnicos!

Só que agora eu não conseguia parar de me irritar era com aqueles móveis. Uma vez, ali na Augusta, eu e Pessoinha demos plantão numa loja só para ver que tipo de gente se interessava por uma enorme cama daquelas, uma cheia de tubos dourados, que mais parecia um catafalco. Agora eu sabia. Era o doutor Ary Rogério, claro. Como não foi me ocorrer.

Mal comecei a falar do meu zumbido pra ele, o telefone tocou lá fora e a cretina da secretária entrou com cara de quem diz: *é ela.* Devia ser mesmo a mulher dele, porque mais de dezoito vezes vociferou o doutor no aparelho: *ponha isso na sua cabeça, ponha isso na sua cabeça.* A fazendeira, lá do outro lado, pelo jeito nem aí. Ele retomou a consulta com cara de marido pedindo apoio a um confrade. Por fora eu bem que arrisquei um sorrisinho solidário, mas por dentro minha alma inteira vibrava, dura e uníssona como um virabrequim: *bem feito, bem feito, bem feito.*

Só então reparei na combinosa impecabilidade da figura. No fino corte do jaleco, no acintoso vinco das calças e na brilhosa alvura dos sapatos — Pierre Cardin para médicos, já tem? Podia imaginar até aonde ele ia e comia, todo Saint-Laurent, nos fins de semana. Pelo sobrenome, até palmeirense devia ser. Um homem, enfim, tecnicamente realizado. Jurei contar isso para dona Gilcemar, mas no dia seguinte não me vieram as palavras e bestamente apenas declarei:

— Ah, no fundo a senhora está melhor aqui com a gente.

Mas quanto ao zumbido até que o Aryzinho bem que resolveu. Disse que eram seqüelas dos pesados remédios contra uma tuberculose que me acometeu na adolescência. Tão incuráveis que nos Estados Unidos havia até uma organização dos portadores do mal. Americanos... O que não curam sindicalizam. Fiquei imaginando o efeito terapêutico de uma Associação Mundial dos Portadores de Complexo de Inferioridade.

Minhas desventuras médicas não haviam terminado. O ortopedista, doutor Galeno Pereira, disse que meu menisco operado tinha tudo para virar uma artrose no futuro, me aconselhou trocar o futebol pelo tênis e até me passou o nome de um professor experiente, Gildo Amaro, de um clube ali na Mooca.

Trocar futebol pelo tênis me soava como virar presbiteriano, ou palmeirense. Mesmo assim comprei tênis, meias, camisa, calções brancos e uma noite fui lá ver o tal professor Gildo. Era um mulato já de certa idade, mas atlético, elegante, com uma bela cabeleira grisalha. Eu é que me sentia bastante esquisito dentro daqueles tênis e daquela camisa branca com um jacarezinho meio aveadado no peito. Se o primo Poty me vê. Ou a Péca lá na cadeia, pelo amor de Deus.

Na quadra foi com certa solenidade que o professor Gildo me sagrou tenista na entrega de uma raquete emprestada. Ele comia um pouco o "s" de algum plural, falava *musclus*, *chanchi*, mas tinha idéias bastante elaboradas sobre o tênis. Me deu a entender que esse era o mais psicológico dos esportes, que o negócio ali na quadra era uma fricção danada de ego contra ego, sem essa de, como no futebol, repartir com onze *as emoção*.

— Tênis é boxe, um boxe de raquete. Muita atenção, portanto, meu rapaz. Muita concentração.

Me ensinou a pegar corretamente a raquete e começamos a bater bola. Eu até que não ia mal, só me sentia mal. E nisso ficamos, bolinha pra cá, bolinha pra lá. Uma hora fui buscar uma bola perto do poste de luz e acho que foi aí que meu senso de ridículo resplendeu de vez. Na volta à quadra, foi instintivo. A primeira bolinha que veio eu simplesmente matei no peito, desci na coxa, fiz duas ou três embaixadas e devolvi com a parte de dentro do pé com uma elegância que o professor Gildo Amaro não quis ou não soube apreciar nos seus devidos termos, pois foi com lenta e emputecida majestade que atravessou a quadra, me pediu a raquete e declarou:

— O senhor ainda não está maduro para este esporte.

Voltei sem nem tomar banho e me sentindo cada vez mais ridículo naqueles calções, camisa, meias e tênis brancos. Se lá no Rio Grande chegam a saber, me demitem do Estado. Cassam a cidadania. Quando, em casa, joguei a camisa no cesto, tive a impressão, não sei, de que o jacarezinho ria de mim pelo canto da bocarra. O degenerado.

Que semana.

As cartas sobre a matéria de Jesus não paravam de chegar. Precisei até de uma espécie de datilógrafa particular para ajudar a responder. Lília, a translúcida, e Myrtes, a soturna, já não estavam mais com a gente. Onde andarão? A facilidade com que aqui as pessoas desaparecem das nossas vistas e da nossa vida. O fato é que veio trabalhar comigo uma gordinha bem-proporcionada que prestava serviços em vários andares da editora e tinha fama de, não sei como dizer — dadivosa? A palavra é do Pessoinha. Sexualmente desinibida, enfim. O nome, Fidalma, é que não combinava muito com a fama.

Fidalma logo se relacionou com as outras moças das outras revistas. Um dia a surpreendi ensinando a turma a caminhar trançadinho. Outra vez discorria sobre como comportar-se no dia seguinte a uma noite com alguém mais graduado no ambiente de trabalho. Comigo puxava todo tipo de assunto e disse às outras que eu, gaúcho, ex-padre e jornalista, era um sujeito muito *versático*. Um dia, junto à máquina do café, falando sobre a vida em geral, assim sem mais ela me disse:

— Eu, o que eu dei, tá dado. Mas agora quero respeito.

E eu nem tinha falado nada.

Às vezes, Fidalma pára o trabalho e fica me olhando com um jeito assim entre materno e avalista. Uma tarde disse que não acreditava como um cara como eu pudesse ter sido padre. Nervoso, tentei uma explicação tão confusa que, no dia seguinte, dona Gilcemar me chamou a atenção:

— Desculpa lhe dizer, você é tão culto, mas tem um problema com as mulheres: não se dá mistério. Chega e vai contando tudo. Mulher gosta de mistério.

No último dia da sua *versática* colaboração, Fidalma perguntou se eu podia dar uma carona, queria inscrever-se num curso de inglês lá pela região da Paulista. Em plena Marginal, quase na frente de um drive-in chamado Kuka Phresca, sugeriu de repente:

— Vamos entrar aqui para tomar alguma coisa?

Bom, agora não sei como dizer, mas eu passei a década de 60 um pouco no seminário e um pouco naquelas sóbrias fronteiras gaúchas. Então não sei como dizer, mas a verdade é que pensava que drive-in fosse um barzinho assim ao ar livre, com mesinhas, laguinhos, patinhos, sei lá. Claro que não demorei muito para perceber que o patinho no caso era eu. Com a simples chegada do garçom meu superego foi à lua.

Fidalma disse que estava calor, pediu gim-tônica e eu fui na dela. Esperamos as bebidas quase em silêncio. Enquanto ela desfiava generalidades, eu comecei a ficar vilmente preocupado com, olha só, alguns aspectos técnicos do momento: Fidalma era bem fortinha e o carro tão pequeno. Preocupado também com uma cruel frase do primo José: "Lá em São Paulo, tu vai ter que escolher: ou o pinto ou o padre. Os dois não vai dar pra ser."

Mesmo assim, mal o garçom se foi, perguntei donde ela era, já que nessa terra quase ninguém é daqui. Jéfferson, um executivo em todos os sentidos, teria considerado a pergunta pouco plugada no foco. Mas Fidalma contou. Como contou. Era do norte do Paraná e viera pequena para São Paulo, com os pais e cinco irmãos. De trem, na coragem. A pessoa que devia esperá-los na Estação da Luz não apareceu e eles passaram a noite meio acampados numa pracinha ali perto, sob uma garoa fina. Depois as coisas até que se ajeitaram, mas ela nunca esqueceu aquela noite. Tinha uns dez anos. Também contei o frio na barriga que foi para mim aquela madrugada de chuva em que meu ônibus foi subindo a Rebouças, a cidade não acabava mais e eu por dentro chamando a minha falecida mãe.

Irmanados por nossas primeiras noites nesta cidade, o resto ficou meio assim. Ela ainda contou o destino de cada irmão, do bancário bem-sucedido ao alcoólatra tão irrecuperável como o pai, a gravidez precoce da irmã. Uma hora ficou em silêncio com a cabeça encostada no meu ombro, quase chorando, eu brincando com seus cabelos e dizendo bobagens sobre o pessoal lá na revista. A esta altura só nos restava pegar a Marginal de novo. Ela agora me parecia mais leve e natural.

Deixei Fidalma na Paulista, na frente do prédio da *Gazeta*. Ela me abraçou e agradeceu bastante, não sei o quê, recomendou que eu não ligasse muito para o pessoal lá da revista, "um bando de broxas metidos a besta", e foi sumindo na multidão num passo rápido de gordinha de salto alto e saia apertada.

22.

SEMPRE FUI UM CARA MEIO ATRAPALHADO E, ADMITO, uma vez quase perdi Deus na missa. A hóstia grande sumiu em meio àqueles paninhos engomados e só por milagre consegui recuperá-la segundos antes do momento da elevação.

Bom, mesmo assim, para quem viu uma cidade pela primeira vez aos oito anos, devo reconhecer que me urbanizei com relativa facilidade.

Fazendo um balanço dos meus primeiros meses, sinto que aqui só tenho um inimigo sério: elevadores. E uma pergunta: por que para certas pessoas algumas situações na vida nos são tão pontualmente fatídicas? Nos tempos de padre, eram aqueles meu azarados presépios vivos onde, no fim, vacas tinham idéias, luzes improvisavam e o burrinho terminava brilhando mais que Nossa Senhora e o Menino Jesus.

Pois aqui em São Paulo meus inimigos são, como disse, os elevadores. Em vários deles me dei mal. Já entro inseguro.

Começou com um sexólogo num prédio de médicos ali em Higienópolis. Sexólogo, uma nova especialidade que anda por aí. Esse, doutor Alcyr, encasquetou de escrever uma coluna na revista. Virgílio me escalou para dar uma olhada nos textos do homem. Já não gostei do fato de que estavam todos muito limpinhos, escrupulosamente datilografados, sem uma correção sequer. Não gostei. Ordem e talento raramente combinam. Mas o sexólogo insistia tanto que fui dando uma lida e dei por interessante um sobre masturbação. Terminei levando mais uns quatro. Doutor Alcyr ficou muito feliz e me acompanhou até o elevador. O elevador chega, lotado, eu entro com os textos na mão e digo a ele que ia dar uma lida melhor. Feliz, o lépido doutor Alcyr proclama, antes de a porta fechar, fazendo um sinal de positivo com a mão:

— Mas a masturbação tudo bem, não é?

A porta se fecha e, dentro do elevador, todo mundo ficou clara ou disfarçadamente me olhando.

Depois foi num prédio fino ali na Paulista, quase esquina com Augusta. Eu devia entrevistar um alto financista sobre estratégias de investimentos pessoais. Às vezes lá na revista, por humor ou sadismo, eles me dão esse tipo de matéria. Fiquei até tarde lendo sobre o tema. Já passava da meia-noite quando pude, enfim, formular algumas perguntas. Mas quem diz que, depois, conseguia dormir. Acordei pelas oito e meia, a entrevista era às nove e o cara, um homem sério, financista. Me vesti como deu e peguei um táxi. O cara era sério, financista e ficava no 20º andar. Foi quando no elevador lotado (sempre lotam nos meus ordálios), eu sinto de repente algo se movendo na minha perna direita, logo abaixo do joelho. Na hora, olha só, me pareceu uma cobra ou bicho pior. Nervoso, fui sacudindo a perna até expelir, por cima do sapato, uma cueca. Essa mania de tirar as calças com cueca e tudo... O pessoal no elevador abriu um pouco (nessas horas eles arranjam espaço), alguns olharam até com certa condescendência, mas não havia dúvidas: era uma cueca. Limpa, decente, mas cueca. Desci no primeiro andar em que o elevador parou e voltei esbaforido pelas escadas, uns 20 minutos de suor e humilhação. Na redação, convenci o Pessoinha que inventasse uma história e fosse lá entrevistar o homem. Ele foi, disse que o financista, esse, amigo, claro, do Montes, não passava de um idiota cujas opiniões não valiam uma cueca Zorba.

Tudo isso para dizer também que essa maldição do elevador acabou com a primeira e promissora relação que, como Dráuzia sugeriu, por conta própria consegui iniciar longe da marcação da editora, do Barbato, do Jéfferson e do Pessoinha.

Numa andança solitária dessas conheci uma publicitária apaixonada por teatro, Dóris, uma moreninha intensa que tinha feito artes gráficas em Londres, trabalhava numa grande agência de publicidade na Bela Vista, no centro velho, e cujo sonho era se tornar cenógrafa. Filosoficamente, acabara de chegar da Índia e era uma devota radical da transparência de ser, da obrigação de, em qualquer circunstância, se mostrar límpido e sincero num mundo baseado todo ele na simulação e na hipocrisia. Um dia, assim sem mais, ela me disse que, naturalista radical, nunca se imaginaria casada com um gaúcho, criatura que devia imaginar carnívora pela própria natureza. Não sei se foi por isso que duas ou três vezes andou me arrastando para um restaurante naturalista ou macrobiótico ali do largo do Arouche, onde com oriental paciência me explicou que a abelha e o mel são dois auges da criação e que sem o trigo-sarraceno as legiões romanas jamais teriam chegado aonde chegaram. Eu nem reagia muito, ocupado que estava em me livrar sem ofender ninguém de umas borrachinhas leguminosas chamadas bardana. Era o que me faltava. Depois do celibato, macrobiótica.

Culturalmente Dóris era, como em tudo o mais, intensa. Vi com ela uma peça pretensiosa, *O balcão*, que não entendi muito, e outra, no Teatro Paiol aqui perto, sobre um cara que, traído pela mulher, a Igreja e o exército, termina nu no palco, feliz no seu despojamento. Essa me deixou pensando.

Mas Dóris não era fácil na sua autenticidade. Um fim de tarde fui buscá-la na Bela Vista, uma rua de grandes bancos onde andar sem gravata já se chama atenção, e ela vestia uma túnica amarela indiana, com um longo corte no peito sem sutiã. Na rua, ela dava um passo, aparecia um seio, inteiro, vivo, pequeno, moreno; outro passo, outro seio. Só não sei por que os transeuntes, em vez de olhar para ela, olhavam meio feio para mim. Como seu eu tivesse que tomar alguma providência.

Dois dias depois, claro, o elevador.

Dóris me pedira para subir até o 20º andar da agência, queria ouvir a minha opinião sobre campanha que estavam criando e que de certa forma envolvia a Igreja. No fim, as provas estavam na diretoria e ficamos por ali, conversando. Percebi que seus colegas a tratavam com certo temor. Na saída da agência, de repente deu de se interessar pelo meu celibato e terminou dizendo que também ela chegara virgem a Londres. E sem mais passou a contar sua primeira transa. Foi com um crioulo jamaicano muito legal, e tal, mas ela sofria de um certo vaginismo, sabe como é.

— Sei, claro. Olha o elevador.

Chega o elevador, lotado, claro. Dóris nem aí, continuou contando detalhadamente sua primeira vez lá com o crioulo. Que não foi fácil. Não foi fácil. Primeiro ela em cima, depois ele em cima, e nada. A turma em volta cada vez mais atenta, e o porra do crioulo lá não se resolvia. Pior: perdeu o embalo e ela teve de ajudar do jeito que tinha visto num filme. Detalhou também. Eu não sabia onde me enfiar. Claro que todo mundo olhava pra mim! A história continuou rua afora, ali pelo Viaduto do Chá tive a impressão de que algumas pessoas do elevador nos seguiam para ouvir o final. Sei que o crioulo só foi se resolver lá pela Praça da República, onde Dóris tomou um ônibus, o Vila Ida, e nele desapareceu com sua bata amarela, seus óculos redondinhos, sua enorme sinceridade e aquela franjinha de quem vai morrer acreditando em própolis.

Passei uns dias meio assim. Por que é tão difícil, meu Deus, numa cidade tão grande, encontrar alguém? Vai ver que sou eu. Eu de vez em quando fico impressionado com a profundidade, a sutileza e até o brilho com que não entendo as coisas mais simples da vida. Li muito, e tal, mas sinto que, às vezes, não passo de um burro com lampejos. Burro com lampejos procura mulher com luzinha. Qualquer dia boto isso no jornal.

Mesmo assim, num outro sábado solitário desses fui parar num bar da rua Pinheiros, onde na fila de espera terminei conhecendo duas meninas de um bairro distante, Joyce e Cassandra. Ficamos naqueles papos em que o Jéfferson é mestre e eu, um desastre. A casa estava mesmo lotada, Joyce era sensível ao fumo, e logo na primeira cerveja servida no balcão, Cassandra disse que estava a fim mesmo era de arriscar um restaurante de comida chinesa. Eu conhecia um numa travessa da Brigadeiro, aonde uma noite andei levando uns gaúchos bombachudos, vagamente amigos do primo Poty, que vinham de um congresso de turismo no Rio. Não foi uma boa idéia: no fim tinha xiru lá bebendo canha com pauzinho.

Assim que peguei o carro e saímos a procurar algum outro ali por Pinheiros mesmo. O primeiro que encontramos funcionava num casarão antigo e Joyce foi contra:

— Ah, não. Nesses eu não fico à vontade. Parece que a qualquer momento vai surgir uma velhinha de camisola e penico na mão lá no fim do corredor.

Adorei o motivo e achei que, no próximo chinês, o papo ia andar. Não andou. Joyce fazia Letras e Cassandra, Pedagogia. Pelo que tentei literatura, depois educação, e nada. Não sei como conseguem passar tão incólumes por esses cursos. Desesperado, não me dei mistério, falei da minha vida pregressa, mas Joyce se limitou a dizer que, na infância, tinha sérias suspeitas dos carinhos de um velho padre amigo da família. Mesmo nesse marasmo elas às vezes se olhavam cúmplices e sapecas como se alguma coisa estivesse acontecendo. Eu olhava em volta e não via nada. Os códigos, eu não sei códigos.

No fim, acho que de nervoso, paguei a conta e, sem muita convicção, insisti em levá-las em casa. Elas vagamente me orientando no caminho. Impressionante como esse pessoal conhece seu bairro mas não a cidade. As informações delas eram tão desencontradas e, numa esquina da Santo Antônio, ali embaixo do Minhocão, fiz uma curva tão repentina que fui travar praticamente em cima da calçada. Foi quando das sombras surgiu um guarda, um imponente negrão fardado, que não sei o que estava fazendo ali àquela hora. Lentamente ele se aproximou do carro, pediu documentos e, pior que a multa, foi um longo discurso que terminou com a seguinte pergunta:

— Então o senhor não vê que está periclitando a vida das moças?

A muito custo rumamos enfim para o bairro delas, um tal de Imirim, pra lá de Santana, Joyce e Cassandra às vezes cochichando entre elas. Primeiro deixei Cassandra e umas quadras depois parei na frente da casa da Joyce. Que agora era outra mulher ao meu lado. Da maritaca sapeca de antes o que me surgia agora era uma corruíra doce e tímida, de cabelos meio soltos, olhos sombreados, casta e disponível, bem longe da desinibida neutralidade do bar e do restaurante. E de onde saíram aquelas sombras nos olhos dela? Ou sempre estiveram ali? E agora o que eu faço? Os códigos, eu não sei os códigos. Dráuzia, Jéfferson, de que servem os instintos se a gente não sabe os códigos?

Bom. Me despedi educado, ela me deu um beijo discreto e um papelzinho com seu telefone. E teve início a tragédia. Joyce bem que tentou me explicar o caminho da volta, mas agora eu girava que girava por ruinhas e quebradas, sem dar com nada confiável na direção do centro. A verdade é que comecei a entrar em pânico. Que cidade, meu Deus, que cidade. Duas vezes fui parar numa rua chamada Monsenhor Júlio Malavolta. Pra que que eu fui me meter. E donde ela tirou aquele papelzinho com o telefone, assim tão prontinho? Ninguém na rua. Que cidade, meu Deus. Que cidade mais intensa em tudo quanto é canto. Uma hora, numa esquina, lado a lado, uma igreja pentecostal, um açougue Coração de Jesus, uma loja de umbanda Pai Tarcísio, um curso básico de espiritismo. Mais adiante, uma casa de bordado que anunciava ponto-cruz russo e, no sobradinho, uma faixa convidava: VENHA DANÇAR FLAMENCO. E dava um telefone. Mas na rua, ninguém. Minha única vontade agora era sentar na calçada, chorar um pouco e depois ligar para o Serviço de Proteção ao Índio, que agora se chama Funai.

Foi quando das trevas surgiu aquele ônibus fantasma e eu decidi segui-lo. Fui parar na Marginal Tietê, fiz retorno no primeiro viaduto e, pela Lapa do Pessoinha, consegui chegar em casa.

Que noite, meu Deus, que noite. Gastei, fui multado, me atrapalhei, me perdi e nem periclitei a vida das moças.

E meu domingo foi, outra vez, Bach e Corinthians.

23.

MAURA ME CONFIOU UNS TEXTOS MAIS PESSOAIS PARA ler. Crônicas, contos, reflexões, até alguma poesia. Não sei se ela queria me dizer o quanto era mais do que aquele corpo abençoado. Os textos não eram ruins, nem bons, tinham aquele pique sincopado do Guimarães Rosa e que só nele convence. Texto de breque. Uma tarde nos reunimos num bar para comentar. Ela me apareceu assim entre hippie tardia e camponesa remota — tênis sem meias e um vestido solto, de bolinhas, que desagravava um pouco suas formas mais gritantes. Chovia e eu pedi um conhaque, chutei Macieira, que é o que Barbato sempre pede. Maura elogiou a escolha. Ela me parece muito sensível a marcas. Quanto aos textos, fui honesto e animador, sugeri mudanças aqui e ali. Um conto sobre um monstro de olhos verdes que, no fim, era a outra vida possível de cada um de nós. Era razoavelmente bem construído e até mesmo perturbador. Depois ela me convidou para um fim de semana no aniversário de um amigo, numa praia do litoral Norte. O Pessoinha em mim ficou meio perplexo, mas o Jéfferson aceitou na hora.

E teve início uma longa liturgia.

Já na quinta Maura me trouxe um presente, uma camisa para o tal fim de semana, alegando que eu precisava era de mais cores e menos controle na vida.

Uma vez em casa, e com as cortinas bem cerradas, pude analisar melhor a tal camisa e não sei em que diabo de butique ou sex-shop ela foi achar aquilo. A camisa era, realmente, o fim da batina, o início de uma nova era, vai ver que de Aquarius. Comprida, largona, crepitante, uma camisa de Vênus, completa. Confesso que vesti, me olhei no espelho e me senti um sacerdote persa paramentado para rituais de corar Dionísio. Aquilo, gente, não era uma camisa, era a bandeira das Ilhas Maurício, ou as primeiras notas do hino da Jamaica. Numa esquina da Vila Madalena vi uma vez o anúncio de um curso de ginástica bioenergética com uma tal de Tuca e um tal de Zeco: no dia da formatura uma camisa dessas ia cair muito bem no corpo dos formandos. Maura tinha razão. Se eu a usasse minha vida não ia ser mais a mesma, nisso ela tinha razão.

Quando dona Leda, a faxineira, viu a camisa, imediatamente perguntou se no meu clube ia ter Noite do Havaí.

Sábado cedo fui buscar Maura no prédio dela conforme o combinado. Ela desceu com uma enorme bolsa jeans, uma camisa amarrada na barriga, e umas bermudas de jeans meio desfiados, dessas que em determinados e túmidos momentos deixam entrever um princípio de nádega. Eu heroicamente enfiado na camisa. Mesmo assim ela reclamou estalando a língua contra o céu da boca e um ar assim de domadora:

— Não não, neném. É pra fora, é solta que usa. Você sempre se escondendo.

Esse *neném* tanto me irrita que, de certa forma, me ajuda porque, como disse, sou muito sensível a texto. Puxei a camisa para fora das calças e imediatamente me senti tocando maraca em algum ponto do Caribe. Durante a viagem, tentei reagir:

— Puxa, detesto camping. E sabe como é que eu me sinto dentro desta camisa? Dentro da própria barraca.

Ela apenas sorria e fumava, vitoriosa, com aquele ar de madrinha da bateria que tanto lhe cai bem. Tentei aprofundar.

— Não, é sério. Sabe o que que me sinto dentro desta camisa? Um turista. E pra mim o turismo não passa da mistura chata de três coisas tristes: excesso de dinheiro, falta de cultura e solidão. Mistura os três, dá turismo.

Ela nem aí.

— Sabe o que é um turista no fundo? Um panaca que sai por aí pra ver se alguma coisa acontece numa vida em que não está acontecendo porra nenhuma.

Maura sacudia a cabeça e ria, índia fagueira, olímpica Diana caçadora a quem já não importavam os discursos da presa.

Perto do Guarujá, entramos na Rio–Santos à esquerda por uma infindável estrada de terra, aqui e ali perfumada por umas flores que Maura recordava da sua infância: lírios do brejo. Morro e floresta de um lado, mar e areia do outro, o sol, a brisa da manhã, minha camisa enfim entrando no clima. A única nota triste veio de um parquinho abandonado e já quase engolido pela mata perto de um vilarejo. A roda gigante e, mais abaixo, quase asfixiado, o carrossel dos cavalinhos ainda pareciam pedir socorro.

A estrada só podia ser aquela mas, a certa altura, Maura decidiu parar no boteco de uma prainha para se informar. O boteco, meu Deus do céu, o boteco. Para se ter uma idéia do teor alcoólico da região, um portão em frente: VENDE PEIXE-SE. Só que Maura, eterna madrinha da bateria, com aquelas bermudas cavadíssimas, nem aí. O bar estava cheio de homens, e que homens. Eu, com aquela trêfega camisa de turista gringo, por fora até que podia parecer tranqüilo, mas por dentro tudo em mim invocava a Defesa Civil, a Capitania dos Portos, o Código das Águas, a Quinta Emenda e o 7º de Cavalaria. Maura nem aí. Informou-se, pediu uma cerveja e ficou perto do balcão, as túrgidas bermudas quase encostando na mesinha cambaia onde um calejado pescador dormia de bruços o sono ardente dos bêbados. De repente o pobre homem acordou, deu de cara com aquela imensidão e só conseguiu murmurar:

— Meu Deus do céu.

Já perto do meio-dia, passando Ubatuba, chegamos enfim à casa do tal amigo aniversariante. Uma zorra. Gente para todo o lado, bebendo, puxando fumo, a música nas nuvens. É o que o gaúcho, para diferenciar de encontro, chama de junção. Eu só observando. Engraçadas, as junções deste mundo. Num primeiro momento, e assim em conjunto, todos se mostram tão brilhantes, alegres, seguros e formosos que eu tenho vontade de me meter embaixo da primeira cama que aparece, como cachorro em dia de foguetório. Aos poucos a gente vai vendo que as coisas não são bem assim. Que a segurança do seguro só se agüenta com um cigarro atrás do outro; que o brilho do brilhante não o dispensa de dizer que a única coisa do mundo que não suporta é música clássica; que a alegria do alegre atravessa mal certos buracos de silêncio e que a formosura da formosa vem vindo, vem vindo e, quando chega na cintura ou nas costas, o que é pior, passa reto. Então acho que a gente não pode se impressionar muito com a entrada dessa turma em campo; ali pelos 20 do segundo tempo, somos todos humanos outra vez. Com alguns fogos, sim, mas sem artifícios, precários graças a Deus.

Maura me apresentou para o dono da casa, Adrian, que tudo pontificava de uma enorme cadeira na varanda. Um sujeitinho e tanto. Peito encolhido, bracinhos curtos, os ralos cabelos meio alaranjados, pálido de alguma doença estranha e herdeiro casual, segundo Maura, de uma mineradora lá pelo norte do Mato Grosso ou sul do Pará. Maura me anunciou:

— Acho que nessa zona só faltava um capelão. Pois não falta.

E foi me apresentando. Não que as pessoas estivessem ligando se eu era jornalista, ex-padre, técnico de rúgbi, patinador artístico ou o responsável pela unificação das polícias. Eu louco para dizer que a camisa tinha sido idéia dela. E louco por uma praia. A casa era bonita, cercada de mata atlântica, um límpido rio de serra saltitando entre pedras na divisa do pátio. Mas parece que a natureza não era o forte das tribos ali reunidas. Eu já sentia algum sinal de fome, mas na algazarra geral justo a cozinha não dava nenhum sinal de vida. Eu e Maura deixamos nossas coisas num quarto, onde havia também bolsas e sacolas de outros convidados. Eu não sabia, à noite, como ia ser. Maura, na viagem, me fez jurar que eu ia, ao menos uma vez, deixar meus grilos e teorias em São Paulo, e o melhor que eu podia fazer agora era deixar acontecer. Não é o que todo mundo, da Dráuzia ao Jéfferson, vive me aconselhando?

Então vamos nessa.

Consegui arrastar Maura até a praia. Foi com um maiô amarelo até que discreto e, feliz com um evidente sucesso inicial, propôs uma caminhada. Onde passava ia parando o trânsito à beira-mar. Especialmente uns touritos de praia, que eu nem sabia que existiam, não economizavam na direção dela seus mais musculosos olhares. E também, meio ofendidos, na minha direção, como daquela vez com as mulatas na churrascaria. De alguma forma intuíam que eu ainda não era bem do ramo. De alguma forma perguntavam "mas o que que esse cara ta fazendo aí?" Pois é. Eis uma coisa que nem meus três mestres pampeanos poderiam imaginar que eu pudesse um dia me tornar nestas plagas: acólito de boazuda.

No mais, foi uma linda caminhada com intermitentes mergulhos no mar. Rimos, apostamos corrida e voltamos de mãos dadas. Entre ternos e fraternos, bem como eu, na minha indecisão, queria.

Perto das cinco, não sei donde, um almoço surgiu, um redentor macarrão com frutos do mar, e um vinho branco italiano, depois delicados sorvetes de frutas nativas. Nessas horas nada como uma boa mineradora no norte do Mato Grosso ou sul do Pará.

Aí começou.

Ali pelo fim do almoço Maura se pegou a discutir com um publicitário argentino que em má hora fez uma graça qualquer em relação às mulheres brasileiras. Maura, que adora a palavra questionar, começou a questionar o porra do argentino. Vi que aquilo ia longe e me homiziei junto ao Adrian na varandinha fresca que dava para a mata e o rio. Da sua vasta cadeira de vime, ele continuava observando a movimentação à sua volta como espectador de um show que montara mas para o qual não ligava muito. As pessoas iam e vinham, ninguém era besta de ficar muito tempo perto de um sujeitinho assim, culto, rico, irônico, sacador e desbocado. Seu único afeto sem desdém parecia ser aquela imensa Mata Atlântica que nos cercava. A mim, por exemplo, ele a receitou como antídoto da vida em São Paulo. Ao contrário das florestas européias, formadas por árvores sérias, kantianas e meramente substantivas, disse ele, essa nossa íngreme mata tropical é, o tempo inteiro, uma barroca algaravia de adjetivos, verbos e advérbios, pronomes, ênclises e mesóclises. As outras matas, recitou, Deus apenas fez: a Atlântica Ele fez e editou.

— Isso é uma *ikebana* sem fim — concluiu, apontando os verdes morros lá no alto.

Para dois namorados que, enroscados num sofá, tentavam ler o mesmo livro, Adrian sugeriu:

— Por que vocês não sobem o rio até uma cachoeirinha que tem lá em cima? Cultura é vida de segunda mão.

Terminou me receitando, fervorosamente, um refúgio futuro em algum ponto da Mata Atlântica. Lembrou que faltavam menos de 30 anos para o ano 2000 e que, segundo um amigo dele, o Bastos, as três coisas mais escassas no próximo milênio hão de ser água, silêncio e caráter.

Eu teria achado mais graça nesse saltitante Adrian e suas teorias se Maura não continuasse lá na mesa com o argentino, questionando e fumando, fumando e bebendo. Adrian percebeu minha ansiedade e advertiu:

— Paulista não sabe beber. Paulista não sabe beber.

E sem mais começou a falar de uma pesquisa informal que andava fazendo sobre o que as pessoas, mesmo as cultas, querem exatamente dizer quando, com tanta facilidade, empregam a palavra Deus. Achava que não necessariamente se referem a Alguém continuamente interessado em nós e nas coisas deste mundo, mas ao mistério que transcende todo o pensamento, à energia fundamental que gerou toda a vida. Ou energias no plural, insistiu. Eu não sabia o que dizer, não estava no espírito. Quase fui salvo por uma lourinha de aquário que se aproximou de saia curta, fita no cabelo, chapéu de palha e sandália, tudo combinando. Surgiu não sei donde, como um beija-flor, tentei até puxar conversa, ela era realmente bonitinha, embora o tempo inteiro não parasse de se olhar e de avaliar em volta o impacto dos seus efeitos especiais, a saia, a fita, o chapéu e as sandálias.

Mas Michele retomou seu vôo. Adrian me confortou com inesperada grossura:

— Tudo bem, deixa pra lá. O narcisismo trepa mal.

Parece que ia continuar, talvez amenizar, mas foi interrompido por mais uma tribo que acabara de chegar, essa fortemente tatuada, duas moças e dois rapazes. Mal se foram, Adrian começava a discorrer sobre as relações entre o tamanho da tatuagem e o volume do cérebro, quando outra tribo se apresentou, esta composta por uma família acho que por pioneiros hippies da região, pai, mãe e dois filhos, os quatro com os pés descalços, ideologicamente descalços. Adrian quis me apresentar, mas eles logo foram se juntar a outros tipos também prestes a ser salvos pelo arroz integral. Antes que a coisa começasse a cheirar a incenso, decidi ir caminhar na praia, bastante ressentido, como já deu pra ver, com o fato de Maura continuar lá na mesa encarando o argentino, questionando e fumando, fumando e bebendo, feminista como nunca. E eu é que tinha que deixar minhas teses e teorias em São Paulo. No momento, a única tese que me ocorria era: "A curiosa influência do feminismo na manutenção do celibato eclesiástico."

Puto e sozinho, refiz nossa longa caminhada na praia. Já estava lá na ponta da praia tentando subir numas pedras gigantescas, quando o caseiro do Adrian me alcançou esbaforido.

— Deu um troço na sua namorada.

Encontrei Maura verde e esquálida em cima de uma cama. Tinha vomitado muito e parecia dormir. Um jovem médico, nem isso faltava ali, disse que era melhor levá-la até um hospital em Ubatuba para umas horas de soro e repouso.

Mal acordou, Maura me pediu que a levasse para São Paulo. Adrian foi bastante solícito e em momento algum insinuou que paulista não sabe beber. Inclinei o que pude o banco do fuscão, ajeitei um travesseiro, um cobertor para os pés e partimos.

Fui instruído a subir pela Tamoios até encontrar a Dutra lá em cima. Na serra fomos envolvidos por uma neblina do outro mundo e eu fiquei orgulhoso da bravura do meu fuscão azul. Na Dutra foi uma reta só. Hirta, de olhos fechados, Maura às vezes me apertava o dorso da mão para agradecer ou animar.

No meio da madrugada chegamos ao Hospital Nove de Julho e o mediquinho lá tinha razão: soro e repouso. Maura me pediu que avisasse a mãe dela. Logo chegou uma senhora grisalha e jovem, que me agradeceu muito. Na cama, Maura segurou forte a minha mão e tentou sorrir quando a beijei na testa. Só então reparei que eu ainda estava com aquela camisa horrorosa. O hospital parecia sério, não sei como me deixaram entrar.

Acordei tarde, liguei para Maura na casa da mãe, que outra vez me agradeceu muito. Disse que a filha estava dormindo, havia se recuperado e estava pensando em pedir quinze dias na revista.

De tarde fui ver o Corinthians contra o Guarani no Pacaembu e, à noite, na rede, fiquei ouvindo meus clássicos até tarde na vitrolinha Phillips ainda dos tempos da cadeia e cujo alto-falante é a própria tampa.

24.

DOMINGO À NOITE FIQUEI UM BOM TEMPO MEDITANdo na rede, bastante puto comigo mesmo, com minhas trapalhadas, e decidido a ser o mais objetivo possível neste meu novo mundo.

Porque esta é uma cidade objetiva.

Ali mesmo, sem sair da rede, eu podia juntar muitas e variadas provas disso.

Esses dias num estacionamento perto de um cemitério vi a seguinte placa: VELÓRIO? ESTACIONE AQUI. Só uma cidade muito objetiva pode chegar a tal grau de concisão.

Sim, esta é cidade objetiva, objetiva nos mínimos detalhes. Na minha rua tem umas moças que fazem depilação, essas coisas. Na porta da primeira diz: AXILAS, QUADRIL E MEIA-PERNA — 20,00. Nem um quarteirão depois a outra anuncia: AXILAS, QUADRIL, MEIA-PERNA E BUÇO — 22,00. Nem sei direito o que essas coisas significam, confesso que elas até me perturbam um pouco, mas de falta de objetividade ninguém pode acusar as moças.

Mesmo na rua, andando, as pessoas são objetivas. Esses dias na copa de uma árvore imensa, ainda há grandes árvores em São Paulo, vi explodir assim sem mais uma conflagração geral de maritacas. Com algo aquela chusma de periquitinhos se mostrava inconformada. O problema basicamente parece que era com um bem-te-vi, mas havia outros pássaros envolvidos. Fiquei observando maravilhado aquela verde algaravia toda, eu e um velho de bengala. Já os outros transeuntes nem aí; sem nem levantar a cabeça, continuavam seu caminho, objetivamente.

A verdade é que, em São Paulo, até os pássaros estão ficando, sim, objetivos. Seu Eliseu, o zelador do prédio, esses dias me mostrou. Não contente em pousar em antenas de televisão como se pitangueiras fossem, o bem-te-vi do terraço não se pejou de utilizar na composição do seu ninho uns restos de fita cassete. Eu não podia acreditar.

Aqui até os jovens bandidos são objetivos, como se provou no meu primeiro assalto, nos fundos de um estacionamento. De repente, das trevas me surge aquele baita adolescente de jeans, tênis e algo que parecia um revólver na mão. Mais do que o susto, o que me impressionou foi a objetividade com que ele conduziu o processo. Com a segurança, a clareza e a assertividade das ordens. Quanta determinação. No fim só me levou uns trocados, mas não quanto eu teria dado pelo ego dele.

Então a gente tem mais é que se urbanizar todo, objetivamente. Resistir a apelos de mundos remotos. Uma tarde, lá nos altos da Pompéia, fui abalroado por um pôr-de-sol. Lá vinha eu tranqüilito no *más* em busca do prédio de um entrevistado, um psiquiatra que acha que transar com paciente tudo bem, quando algo em mim sentiu nas costas aquele tropel de luzes, e só então me voltei para constatar, maravilhado, o quanto o outono pode ser límpido, róseo e forte mesmo nesta cidade. Mas impávido continuei meu caminho.

Depois foi uma lua cheia completa nascendo ali no fim da São João, bem em cima da torre do Banespa. Lua do Banespa, como é que pode. Fiz que não era comigo.

Observo, sinto, é inevitável, mas não alimento, não permito que esse tipo de coisa venha a amolecer, abalar a minha devida objetividade paulistana. Esses dias dei com um menino tentando encaixar uma pipa no vento encanado entre dois prédios. Alguma metáfora, claro, se agitava ali. Fui em frente.

Pessoinha acha que é bobagem. Que no fundo, mesmo em São Paulo, somos todos rurais. Rurais de segunda sacudida, ele diz. Pega um desses carinhas de terno ali na Paulista, sugere. Vira ele de cabeça para baixo e sacode, o que que num primeiro momento cai? Chaveiro, cartão de crédito, cartão de visita, cigarros, caixa de fósforo de motel. Sacode mais um pouco, o que que cai? Pitanga, coquinho, jabuticaba, cocozinho de cabrito, bodoque, pedra de bodoque, canivete, anzol de lambari, ruralidades. No ano passado, lembra ele, a população urbana do Brasil superou, sim, pela primeira vez, a do campo. Só que a alma vira mais devagar, adverte. Na segunda sacudida, somos todos rurais.

Não sei. Melhor não facilitar.

25.

FOI ASSIM QUE, SEGUNDA, CHEGUEI À REDAÇÃO DISPOSto a ser mais objetivo na vida e também a cair fora da posição em que estava jogando no time da revista. Sempre fui homem de frente e ali como que botaram na defesa. Ali eu estava me tornando, como em futebol se diz, o homem do primeiro combate. Qualquer chato que pinta sou eu quem tem de encarar. Os colaboradores mais delirantes, os escritores mais secretos, os fotógrafos mais inéditos, todos os subaproveitados deste mundo: joga no padre.

E metódicos são os astros que regem os malucos deste mundo. Dia de contista injustiçado, só aparece contista injustiçado; dia de inventor incompreendido, só inventor incompreendido; dia de veado, puro veado. Ao vivo ou por telefone.

Já logo cedo foi difícil me livrar no telefone da moça de uma assessoria de imprensa que tinha, com disse, mil idéias para o Dia das Mães. Fui me defendendo como pude. No fim apelei:

— E depois, minha senhora, esta revista é contra mãe.

— Como contra mãe?

— Ué? Não tem gente contra argentino, contra palmeirense. Nós é contra mãe.

— Mas o que que vocês têm contra mãe, posso saber?

— O preço. Já imaginou quanto um filho paga por cada colher de remédio, cada roupa passada? E uma noite em claro, então?

Silêncio pensativo lá do outro lado.

— É, mas minha mãe é uma pessoa muito legal...

— É, há mães que vêm pra bem.

Ela bateu o telefone.

Perto do meio-dia apareceu um sujeito cheio de novas idéias para manter o interesse pelo sexo no casamento. A maioria, infelizmente, impublicáveis. Nervoso, marquei bem para o fim da tarde uma fotógrafa indicada pelo Virgílio que insistia em me mostrar seus trabalhos sobre a Amazônia. Pedi que viesse bem no fim do dia, na esperança de que o Jangada a recebesse.

No almoço decidi ir de ônibus até o nosso sindicato lá na Rego Freitas ver como andava meu processo de inscrição. A menina que me atendeu insistiu na futura necessidade de um diploma de jornalista, mas que, por enquanto, eu podia tentar me virar como provisionado. Provisionado, era o que me faltava.

Ao voltar, na parada de ônibus fui pegar dinheiro no bolso para dar a um mendigo, coisa que nunca faço, e um monte de moedas misteriosamente me escorreu de um bolso furado pela perna da calça. O mendigo ainda falou:

— Se queixando do quê? Tá mijando ouro.

No ônibus, fiquei chocado com o que vi quase na esquina da Consolação com a Ipiranga. Vi Maura atravessando a rua com uma pressa demasiado objetiva para uma convalescente. Usava uma saia curta e umas botas incongruentes para a hora e o calor, e não sei onde arrumou aquelas mechas meio douradas no cabelo. Estava outra e não pude imaginar para onde ia, mas ia, definitivamente, em outra direção.

Na redação, dois choques.

Em cima da minha mesa, deixados por engano, uns documentos do Jéfferson onde ele aparecia, meu Deus, sem bigode. Uma boquinha infantil, carente, uns lábios finos, ansiosos. Outra pessoa, meu Deus. Outra pessoa. Mostrei para a Dráuzia:

— Lá se foi o meu último herói.

Logo depois, em conversa com dona Gilcemar junto à máquina do café, outra porrada. Jéfferson é casado. Com uma japonesa. Em Mogi das Cruzes.

Eu já não sei mais em quem confiar.

Fiquei lendo umas cartas na minha mesa com a cabeça nas cercanias de Órion.

Perto das cinco percebi alguém se aproximando.

Me dei importância, mistério, bem como sugere a dona Gilcemar. Nem levantei os olhos.

Mas aí senti como que uma aragem azul no rosto enquanto umas fotos eram delicadamente colocadas sobre a mesa. A primeira era um close de um jacaré com uma borboleta amarela na testa. A outra era de um índio carregando uma onça num carrinho de mão, sob uma luz filtrada entre grandes árvores.

Então a aragem aumentou, eu levantei os olhos e ela estava ali.

Desde quando ela estava ali? Acho que dias, anos, *siglos estelares*, diria o Pablo Neruda.

Ela estava ali, rindo, acho que de mim, com a boca e também com uns olhos assim de mar de inverno. Sim, ela estava ali.

— Tu é a fotógrafa de que o Virgílio falou? — tentei ganhar tempo.

— Sou — riu ela, acho que percebendo os meus falsos charmes de importante.

Agora eu não sabia mais como controlar o calor ou o frio nas têmporas. Então é assim que começa? Com uma aragem?

Mulher com luzinha, bem que um dia o Pessoinha me preveniu. O perigo é mulher com luzinha.

Por isso me debati o que pude. Até no currículo dela junto às fotos tentei buscar socorro. Sim, ela bem que podia se chamar Jennifer, Iramaia, Samantha, Andressa de pai André e mãe Vanessa, Maria Augusta, de apelido Guguta, Marjorie ajudaria um pouco e Franciene seria perfeito.

Nada. Paula.

O sobrenome, esta cidade tem sobrenomes italianos bastante esquisitos. Gubitoso, Scaramella, Biella, Fuscaldo, Enguia, Folgatti, Fraccaroli, até um Burrarelo esses dias pintou.

Orsi. Assim, curto e seco.

Entre parênteses, um apelido. Pá, de Paula, ou Rê, de Regina? Os paulistas adoram essa mania de capar nomes.

Pixu. Pixu. Assim com x.

Assim é demais.

Foi então que, para me recuperar, sugeri um café. Meio envergonhado porque, como um homem qualquer, talvez quisesse ter dela uma idéia assim mais abrangente. Na esperança também de que fosse caminhar troncho, passar reto nas costas, essas coisas. Pessoinha diz que é caminhando que o espetáculo de uma mulher se completa. Que o meu ex-patrão (Deus) às vezes acerta na prancheta mas erra no torno. Eles vivem me confundindo.

Mas só que agora, por esperta ou educada, Paula me deixou ir na frente.

Será que em volta alguém estava percebendo? E por que a gente tem que passar por essas coisas, nessa idade?

Tive a impressão de que Pessoinha me olhava paternal e a Dráuzia, maternal. Minha esperança então era o Jéfferson. Confesso que por um tempo vilmente andei observando as moças com quem Jéfferson sai, vilmente me perguntando se com alguma delas eu teria alguma coisa. Com nenhuma. Com nenhuma. Se agora o Jéfferson se interessasse por Paula, mau sinal. Bom sinal.

Jéfferson passou, executivo como sempre, viu Paula e nem aí. Quando ele se abala um pouco até no bigodinho dá pra notar. Fraguinha também passou, viu a gente e não fez nenhuma cara assim de *puta matéria!*. Um duplo alívio, que agora entre o *puta matéria!* do Fraguinha e *puta material!* do Jéfferson era eu crucificado vivo. Mas parece que nenhum deles percebeu. E digo até que por um momento me senti muito feliz, meio orgulhoso e quase grandioso pelo fato de que nossas matérias, nossas putas matérias mesmo, nunca em volta ninguém saberá. Mesmo assim eu não me conformava. Como é que pode. A minha alma entrando em agonia, se contorcendo toda, se precipitando por abismos sem fim e ali em volta tudo normal. O Pessoinha relia um texto segurando por uma orelha a lauda enfiada na máquina, junto à mesa da dona Gilcemar, o Virgílio assinava com displicência uns relatórios de viagem, com um sorriso irônico o Fraguinha agora dependurava um recorte de revista no mural, a Dráuzia baforava suas traduções lá no canto, o mundo seguia seu curso. Como pode, se eu agora nunca mais ia ser o mesmo? A realidade, às vezes, não tem a mínima consideração.

Paula me olhava sorrindo e eu precisava falar alguma coisa.

— Gostei daquela foto do jacaré com a borboleta — disse. — Não entendi a do índio com a onça no carrinho de mão.

— É que eu estava numa aldeia e, de repente, anunciaram uma onça lá pelo mato. Imaginei uma caçada emocionante. Mas só ouvi um tiro e aí apareceu um índio com a onça num carrinho de mão.

— O maior anticlímax?

— O maior anticlímax — ela riu.

Foi esse o nosso primeiro diálogo assim mais completo.

— Gostei muito daquele teu texto sobre as três faces de Cristo — foi a vez de ela falar.

— Ah — eu disse —, tentando ainda me dar um certo mistério.

Nem sei o que mais falamos nem o que ela estava pensando de mim. Eu só queria parecer inteligente, atencioso, generoso, espirituoso, respeitoso, alegre, sutil, compreensivo, assertivo, persuasivo, humilde, um pouco bonito, terno sem frescuras e irônico na medida exata. Mas não sei se estava conseguindo.

E assim nos afastamos da máquina do café, que ela tomou *à la* paulista, sem açúcar. Nada nela me escapava, mesmo sem saber o que fazer a seguir. Digo que gostaria de ver mais fotos outra hora? Convido direto para jantar? Assim sem mais? Tanto guru me enchendo o saco e agora eu aqui sozinho no escuro. Puto por ver como a vida às vezes é amadora. Varzeana. Chega e vai bagunçando nossas melhores intenções, nossas mais sólidas objetividades.

Na saída, eu, sério, profissional, disse que ia telefonar ao primeiro trabalho que pintasse dentro do perfil dela.

Esse perfil dela não imagino donde me saiu. Acho que de alguma palestra do Jéfferson.

Mas ela só me olhou divertida. Gente que acha graça em nós pode ser muito perigosa, não sei. Mas que sei eu.

26.

MAL PAULA SAIU, CORRI À SALA DO VIRGÍLIO, ARGUmentei que, no dia seguinte, bem que ela podia fazer o retrato do tal ex-combatente da FEB que eu devia entrevistar. Com tanto fervor devo tê-lo feito porque Virgílio de repente me interrompeu:

— Calma, tudo bem, ela vai, ela vai.

Será que exagerei? Eu era tão calmo.

De noitezinha, na volta para casa, meu fuscão não cabia em si de ansioso. Minha alma vagava como uma pipa solta no ar, sem nenhuma objetividade. E o que que não nos vem à cabeça numa hora dessas. O cardeal amarelo, o cardeal amarelo. Uma vez, ali pelos dez anos, eu caçava placidamente passarinho lá pelos fundos do campo quando vi, num pé de tala, um cardeal amarelo. Um belo e raro cardeal amarelo. Onde o outro é cinza, este tem uma cor de ouro velho e a crista é negra, não vermelha. Entre nós, meninos, o cardeal amarelo era pássaro quase mitológico. Então fiquei ali, paralisado de encanto, sem saber o que fazer. Uma pedrada de bodoque no peito? Pode matar. Correr e buscar uma gaiola com arapuca? Arriscado. Na dúvida, ele voou indiferente, altaneiro, até desaparecer no mato da sanga.

E agora com Paula também não sei o que eu faço.

Em meio àquele encardido trânsito das sete, Paula e sua alegria serena, seu corpo íntegro, me vinham à memória acompanhados de um doloroso sentimento de indignidade. Senhor, eu não sou digno, algo em mim murmurava. Bem coisa de padre, mas eu não podia controlar. Li que, quando estava num restaurante fino, o poeta Pablo Neruda não conseguia vencer, mesmo depois de rico e premiado, o sentimento de que um garçom ia se aproximar e pedir a ele que, por favor, se retirasse. No meu caso, de onde me vem esse sentimento de que não sou digno de sentar à mesa da vida? E como alguém chega e, sem mais, torna-se de repente a mesa da vida?

Estava louco para chegar em casa só para ver, supersticioso, se o anjo do prédio, Lidiane, tinha alguma mensagem para mim. Lidiane é a filha do zelador, tem uns seis, sete anos e passa o dia pra lá e pra cá de bicicleta, levando e trazendo informações para quem entra ou sai. Desenvolveu até um estilo próprio para essas suas pequenas anunciações. Passa de bicicleta, diz alguma coisa, dá um paradinha e completa.

Um dia me disse:

— A Vanusa deixou o Gérson.

Na paradinha:

— Levou até o rádio.

Para um faxineiro que estava com dor de cabeça:

— No Deoclécio tem dipirona.

Na paradinha:

— Mais barato que na farmácia.

Deoclécio é o bar da esquina, mas donde ela tirou dipirona?

E ontem:

— Sabe quem vem no sábado? A minha tia de Santos.

Na paradinha:

— Sabe como ela ri? Uh uh uh uh.

Bestamente cheguei esperando ouvir alguma coisa da Lidiane. É que às vezes eu acho que aquele seu olharzinho sempre tão aceso entre as grossas sobrancelhas captam mais do que se imagina.

Bom, lá estava ela, na bicicleta, como sempre. Parou e ficou me olhando entre perplexa e divertida, como seu estivesse chegando de um outro mundo usando vestes muito estranhas, um penteado maluco ou coisa assim.

O sono não vinha e fui me abrigar um pouco na rede. Apesar do meu longo treinamento para o celibato, não conseguia me livrar da imagem de Paula, que ia e vinha no escuro. Felizmente sou bom em tergiversações.

Comecei a brincar de Lidiane. Peguei seu clássico estilo de informação e paradinha, e me pus a compor algumas situações com meu poetas preferidos.

Numa, Lidiane passa e diz:

— O homem é um ser futuro.

E logo, na paradinha:

— Um dia seremos visíveis.

Murilo Mendes.

Outra:

— Agora tenho a faca e o queijo.

Na paradinha:

— Mas... cadê a fome?

Adélia Prado.

Assim fui indo até que ela, de repente, meio por conta, passa e declara:

— Deus de alguma forma existe.

Na paradinha:

— A forma não importa.

Não sei donde ela tirou essa e bem que Rilke já nos preveniu: todo anjo é terrível. Mesmo os de bicicleta, nervoso acrescentei, na paradinha.

Eu não ando bem. Eu não ando bem, gente. Em poucas horas devo ter regredido bem uns 15 anos.

Senti passos agitados no corredor. Devia ser a vizinha com o senhor que a protege. Era o que me faltava. Um orgasmo no 412. Mas o que se ouviu foi só um uma rápida discussão grosseira e logo uma porta batendo.

Preciso fazer alguma coisa, meu Deus. Preciso fazer alguma coisa.

Pensei em ouvir umas músicas na vitrolinha Phillips dos tempos da cadeia. Mas minha relação com a música é bastante delicada. Sei que, em certas horas, em certos estados de espírito, não posso abusar. Esses dias, ali na Paulista, ouvindo no toca-fitas do fuscão aquele final da "Flauta Mágica", só não desci do carro e me ajoelhei no meio da rua porque desconheço a formação musical da polícia nesta cidade. Então tenho que me cuidar. Mesmo assim, pensei em arriscar aquela

"Missa Solene em Dó maior", de Beethoven, aquela em que ele tão truncado e rosnado passa pelo Glória e o Credo para de repente se espraiar na infinita alegria do Sanctus e na extrema doçura do Benedictus. Essa bem que podia me ajudar um pouco. Ou talvez Cláudio Monteverdi, com alguma daquelas suas "Vespro della Beata Virgine", umas polifonias compostas no século XVII para justificar para sempre a existência neste mundo das duas mais belas proparoxítonas da língua portuguesa, que são júbilo e dádiva. Ele tem também uns madrigais amorosos, mas era bem mais jeitoso com Deus do que com as moças. Sim, Monteverdi também bem que podia me ajudar numa hora dessas. Mozart é mais complicado. Mozart às vezes até heresias me suscita. Esses dias, ouvindo sua "Grande Missa em Ré Menor", cheguei a me perguntar se Deus não teria se encarnado só para que Mozart pudesse compor o "Et incarnatus est" do Credo. Mas pior é aquele "Laudate Dominum", das *Vesperae Solennes de Confessore*. É a coisa mais terna que até hoje conseguimos dizer aos céus. Quando outras vozes se unem ao pungente solo inicial, é a própria humanidade perdoando o Criador pelos erros de cálculo que a tanta precariedade nos levaram. Sim, tem horas que Mozart simplesmente nos deixa para se tornar um descarado suborno de Deus, uma deslealdade dos céus.

No dia seguinte falei com Paula sobre a foto e fiquei de encontrá-la na porta do escritório da mineradora onde colabora no livro sobre a Amazônia. Eu estava ansioso para saber se ela era de verdade. Porque, nessas horas, sei que invento muito.

Ela surgiu conversando com um negrinho de uns 15 anos, que gesticulava animado, movendo o corpo para cá e para lá. Por um momento ficaram os dois isolados do mundo, refletidos contra uma enorme porta de vidro, na luz da tarde. Eu por nada do mundo queria perder aquela foto. Como a vida, quando quer, edita melhor que o Kurosawa.

Paula me viu e veio na minha direção, explicando:

— É o boy da empresa. Vai treinar no Santos. Estava me contando um gol incrível.

É que à tua luz as pessoas revelam o seu melhor, pensei, mas não fui besta de dizer.

Preciso me controlar. Ou não?

Pegamos um táxi para o Alto da Lapa, onde morava nosso herói da FEB, um engenheiro bastante gentil e com algum humor. Começou a contar, como diz a música, coisas da campanha na Itália. Eu pensando como é que um cara desses, na época já formado e casado, voluntariamente se alista para, sem muito preparo, enfrentar os alemães no inverno europeu. Até que a mulher dele entrou na sala para servir café e tomou conta da entrevista. Paula mal pôde fotografar. Na saída me disse:

— Legal. Mas não sei se o cara é herói. Com uma mulher dessas, acho que eu estaria agora fotografando no Vietnã, fácil.

Incrível, eu já ia dizer o mesmo. Rir das mesmas coisas, é bom, é ruim? O que é melhor numa relação, a semelhança, a diferença? E por que a minha cabeça não cala a boca?

Sobre os campos da USP, lá embaixo, os últimos raios de um pôr-de-sol grandioso. Eu disse que conhecia uma boa pizzaria em Pinheiros.

— Podemos ir a pé. Ônibus a esta hora é fogo.

— Bolinam até o teu guarda-chuva — ela falou.

Agora eu tinha certeza, não era invenção minha. No rosto dela, no olhos, na boca, ela tem sempre uma coisa rindo, uma ironia doce. Pode dizer as maiores besteiras que isso não muda. Maura jamais ia conseguir dizer sem rancor "bolinam até o teu guarda-chuva". Mas por que eu tenho que ficar comparando?

Durante a pizza tentei ser fiel às recomendações da dona Gilcemar e consegui me dar um pouco de mistério. Um homem que nem durante uma pizza se dá mistério não pode subsistir, isso eu também admitia. Brevemente trocamos nossas histórias. Ela, filha de um coronel da Força Aérea, infância em Natal, adolescência em Manaus, a paixão pela fotografia enquanto morava com mãe viúva no interior de São Paulo, o sonho de tentar artes gráficas. Nas veias, sangue italiano, espanhol e até uma avó meio índia.

Eu o que se sabe.

— Agora somos nós dois contra esta cidade — eu disse, apertando, mas fraternalmente, a mão dela.

Olha o padre, cerca o padre, não deixa subir o padre, primo José vociferava lá do fundo das coxilhas.

Na despedida, na porta do seu prédio, ela me beijou o canto da boca e ficou um pouco segurando a minha mão, mas acho que como qualquer amiga emocionada faz. Os códigos, eu não sei os códigos.

Mas até eu podia perceber que havia alguma coisa, ou alguém, no ar.

A alma aos trancos voltei para casa, quase uma hora de marcha forçada, penitente. Heroicamente tentando sentar sem culpa à mesa da vida.

27.

BARBATO VOLTOU DA AMAZÔNIA EUFÓRICO COM QUESTÕES ambientais, certo de que a região e o tema mereciam uma edição especial da revista. Terminei indo com ele a uma reunião sobre responsabilidade social das empresas em questões de meio ambiente. Entre os jovens executivos presentes o que mais me chamou a atenção foi a forte e elegante presença feminina.

Barbato voltou em chamas.

— Viu só na reunião?

— Que que tem a reunião? — Eu estava longe.

— Pô, não reparou? Nas mulheres?

— Que que tem as mulheres?

— Quase todas fumando. Mais que os homens.

— E daí?

— Vai dizer que não entendeu a mensagem daquela fumaceira toda?

— E eu lá sou índio para entender recado de fumaça?

— É o poder, cara. É o poder chegando às mulheres.

— O poder?

— Cigarro é poder. O nervoso do poder.

Parecia possesso com a descoberta.

— Mulher no fundo adora poder. Reparou com que especial prazer elas, mal chega o inverno, começam a usar botas?

— Não.

— O brilho especial que uma mulher de botas tem nos olhos?

— Não.

Pensei em Paula de tênis, depois em Maura de botas pela Ipiranga, mas não queria alimentar esse tipo de papo. Barbato nem aí. Olhava longe, brilhante e delirante como sempre.

— Ah, elas vão ver o que é o poder... Vão se esvair em fumaça. Que poder é azia, dor de cabeça e má digestão. Como nós, vão ter que endurecer a barriga para vencer. Já imaginou a geração que vai nascer dessas barrigas endurecidas de poder? Mas elas vão chegar lá, cara. Ah, vão. Não faltam nem trinta anos para o fim do milênio e ali pelo começo do próximo você vai ver só: todas as damas serão de ferro. E, o que é pior, vão dar conta do recado. Vão dar conta do recado. Como quem brinca de casinha vão dar conta de todas essas tarefas que esses famigerados executivos de hoje levam em frente no maior sacrifício, cobrando os tubos da secretária, da família e de todo mundo em volta. E como são paparicados, meu Deus, esses executivos. É o carro do executivo, o almoço do executivo, o cartão do executivo, o uísque do executivo, a puta do executivo. E eles pensando que é a glória. É o réquiem, cara, é o réquiem da raça. Ou você acha que todo mundo ia paparicar gente que vai bem das pernas? Não se agüentam mais, estão vivendo o fim de uma era e ainda nem sacaram, os pobres diabos. Li esses dias no jornal que quase 30% deles têm problemas de ordem proctológica. Precisa maior prova de "aonde, em sua glória, estão levando." As mulheres é que vão tomar conta, cara. Olha o que estou te dizendo. Vão tomar conta.

Barbato e as mulheres... A única que talvez possa salvá-lo é a Rita Lee. Ele adora a Rita Lee. Para meu espanto, até num fã-clube da cantora andou metido. Um dia lhe perguntei se a Rita Lee assim de perto era bonita. Ele só me olhou com pena da pergunta. Depois, a contragosto, rosnou que Rita Lee não era bonita nem feia, apenas mágica, cintilante.

— Parece uma cobra-coral.

Depois continuou fazendo pouco dos executivos e anunciando, já para o próximo milênio, uma gloriosa volta do matriarcado.

Mas eu só queria saber de chegar à redação para inventar alguma coisa e ligar para Paula. Esses discursos do Barbato agora me parecem, não sei, de um outro mundo.

Paula tinha ido visitar a mãe no interior.

Na quinta à noite vimos no Belas Artes o filme *A última missão*, em que Jack Nicholson e um companheiro atravessam os Estados Unidos de trem escoltando um soldadinho para uma prisão onde ia ficar anos, e por um motivo besta. O que eles, na sua grossura iluminada, fazem pelo menino durante a viagem é de arrepiar. Paula ficou boa parte com filme com a cabeça no meu ombro.

Saímos emocionados. Eu prelibando um lindo fim semana. Mas no dia seguinte, cedo, ela tinha que pegar o jatinho da mineradora para umas últimas fotos do seu trabalho na Amazônia. Na despedida, alguém em mim tentou beijar-lhe os olhos, mas ela me impediu delicadamente com mão espalmada no meu rosto.

Alguma coisa no ar.

Mas, ao fechar a porta, vi que me olhou surpreendida como se, pela primeira vez, desse com a minha presença no planeta. Alguma coisa se passou naquele olhar, não sei se contra ou a favor. Os códigos, meu Deus, os códigos.

Naquela noite mesmo entrei em coma. Um cara com a minha formação. Não conseguia fazer nada direito. Das nuvens do céu me precipitava sem mais ao mais fundo dos infernos. Uma hora imaginava Paula na mata, doce e bonita, cercada por jovens engenheiros carentes e promissores. Claro, eu não tinha a mínima chance. Mas logo estava agarrado, desesperado, naquela luzinha que, acho, pairava no ar quando nos estávamos juntos. Aí, os bostas dos engenheiros de novo. Amargamente entendi o São Paulo quando, numa de suas cartas, falava sobre celibato para seus discípulos. Melhor casar que arder em chamas, dizia o apóstolo, mas eu por mim queria livrar vocês dessa, da trabalheira que dá. O homem sabia. Dizem que era baixinho e vesgo. Sabe Deus os foras que levou.

Mesmo depois, na redação, Paula me surgia de onde eu menos esperava, numa foto, um tilintar de telefone. Às vezes eu conseguia reconstituí-la inteira, a cada fala, a cada gesto, a cada luz. Logo depois eu a perdia completamente. O repentino riso prateado, a sombra que de repente lhe atravessa os olhos, o jeito com que ela diz "magina, magina" diante de alguma bobagem que eu conto — tudo como que se perdia, se desvanecia no ar como se nunca tivesse acontecido. Eu nem ficava tão chocado, já que em mim razão e imaginação sempre se estranharam um pouco. Tentava me consolar pensando numa coisa que um dia eu li, ou que agora, no meu desconcerto, acabara de inventar: que o amor nunca se engana, que a luz que ele vê no outro é sempre verdadeira, e mesmo quando o outro já não é mais digno dela, ela fica pairando por ali, como o brilho dessas estrelas há milênios falecidas.

O mais triste foi quando, uma noite, perdi a cor dos seus olhos. São glaucos, ela me disse uma vez, citando seu oculista. Nem gláucios nem glabros, porém glaucos. Corri ao dicionário. A explicação era vaga. Meio esverdeados.

Passei a evitar o Pessoinha, o Barbato e bem sabia que um papo com a Dráuzia numa hora assim podia ser mortal. Eu me sentia forte demais, vulnerável demais para falar com alguém sobre esse tipo de coisa. O que que eu ia dizer? Como deve se comportar um sujeito que se sente tão ao mesmo tempo grandioso e comum? Cheguei a me lembrar de São Paulo escrevendo numa das suas epístolas que em vasos de barro carregamos nossos tesouros.

Que fiz? Escrevi para o Faiéco, o advogado que me tirou da cadeia e é o mais sensato dos meus mestres gaúchos. Uma longa carta expressa, que a coisa urgia, contando tudo.

Em tempo recorde Faiéco me respondeu. Antes não o fizesse. Antes não o fizesse. Num telegrama de três palavras ele se limitava a citar o Cruzeira, nosso fanhoso e sensitivo amigo lá da cadeia: *.udeu, cara, .udeu.*

É para isso que a gente tem amigos.

28.

NO SÁBADO RESOLVI FICAR QUIETO NO MEU CANTO. SE antes, livre e fagueiro, fiz triste figura, imagina agora andar por aí assombrado pela lembrança de Paula. Então achei melhor ficar quieto em casa.

Mas foi uma noite, toda ela, de visitas candentes.

Ali pelas nove a vizinha do orgasmo programado veio me pedir um pouco de açúcar. Estava tentando fazer um bolo de cenoura e tal. Mas até eu pude perceber que estava usando uma saia demasiadamente curta para um simples bolo de cenoura. Assim que, objetivamente, fui buscar o açúcar.

Lá pelas dez tocou de novo a campainha e era o Jangada, o fotógrafo da revista, acompanhado de uma moça. Queriam casar. Na verdade, viajar juntos para o Peru, mas a mãe da menina foi clara: só casando. Jangada disse que tinha um amigo padre que podia "quebrar esse galho". Expliquei que a coisa não era assim, que eu nem era mais padre, que as paróquias têm lá suas burocracias. Achava também que aquela gordinha pálida, de grandes olhos negros e cabelos encaracolados, não combinava muito com o Jangada, mas quem sou eu para falar. Então disse apenas que, teologicamente, o matrimônio é o único sacramento que os leigos cristãos se concedem um ao outro, a Igreja apenas testemunha o ato. Eles parece que gostaram da idéia, porque se olharam cúmplices, Jangada estalou os dedos no ar e logo se foram, lépidos. Eu fiquei com o sentimento de que acabara de exercer algum tipo de exercício ilegal do sacerdócio.

Já passada a meia-noite a campainha toca de novo. Agora ela vai ver o que é bolo de cenoura, bradou um Jéfferson em mim.

Mas era o Pessoinha. Pálido, desarvorado. Foi entrando e sentou na cama. Eu, como sempre, pensei nas senhoras lá da paróquia, "meu Deus, não ter quem faça um chá", e fui fazer um chá. Ele pegou a xícara, agradeceu e foi bebendo em silêncio. Depois ligou a televisão e ficou observando umas entrevistas.

— Reparou só?

— No quê?

— Nas papadas, cara. Nas papadas. Não sei as mulheres, mas hoje os nossos homens bem-sucedidos andam quase todos atacados de papada. Deve ser a endocrinologia do sucesso. Ou se sentem tão maravilhosos que o próprio queixo cai. Antigamente do sujeito barrigudo se dizia que era a curva da prosperidade. Hoje o sucesso subiu do baixo-ventre para o baixo-queixo. Bom, em algum lugar tem que se acumular a porcaria, o excesso, o mal vivido. Acho que toda vez que um cara de sucesso fala na televisão devia aparecer a seguinte advertência: cuidado, sucesso produz papada, física ou moral.

Às vezes acho que ele, como os profetas em geral, tem pouca estrutura emocional e mental para digerir o muito que entrevê e pressente. Achei que tinha acabado com as papadas e ia entrar no assunto. Mas ele continuou:

— O problema, meu amigo, é que o sucesso termina movimentando o pior em nós. Não é de hoje, olha os gregos. Olha só os gregos. O próprio Olimpo, morada dos deuses, era uma zona só. Viviam lá se sacaneando o tempo inteiro, comendo parentes. Nossos Olimpos também são uma merda. A Marilyn Monroe cheirava mal, a Greta Garbo se enterrou viva e o Marlon Brando anda cada vez mais próximo de uma vaca leiteira. O diabo do sucesso é que ele dispara em alto estilo aquela hora braba em que a gente tem que escolher entre dois senhores, que pra todos a vida chega a um ponto, a uns hiatos, que não tem jeito: é Deus ou droga. E eles, os bem-sucedidos, vão escolher Deus? Não escolhem. Já se sentem no Olimpo, os panacas. E passam a viver umas vidinhas de merda. Brilhantemente de merda, mas de merda: é angústia, santo daime e papada. Fascinar as massas... Ora, fascinar as massas, iluminar vidinhas igualmente de merda. Olha bem nos olhos dessa tietagem maluca que infesta os festivais de rock: é puro zumbi, cara, é puro zumbi vagando pelos estádios em busca de uma alma própria. De longe parecem doces e cordatos, pulando, batendo palminhas e tal. São ferozes! Com que feroz carinho vão empurrando seus ídolos para a enrabação final. O formigueiro bate palminhas, bate palminhas, mas não descansa enquanto não rói inteiro o corpo da cigarra. Pode crer.

Eu estava com a cabeça bastante longe, mas me sentia na obrigação de dizer alguma coisa.

— Bom, mas e o ídolo não pode fazer alguma coisa? Cair fora?

— Pode, mas leva tiro. Se for consciente, leva tiro. Dos ídolos sem consciência as drogas se encarregam. Já o fim do ídolo consciente é sempre o martírio. De Sócrates a Gandhi, passando por Jesus Cristo. O Reino do Mal é muito sensível, rapidamente distingue quem deblatera contra ele piscando o olho, propondo barganha, daquele que não arregla, que revela o Reino do Nada que no fundo ele é. Aí ele se sente verdadeiramente invadido, desequilibrado. Furioso. Aí não dá outra: é bala, cruz ou cicuta.

No silêncio que se seguiu até eu percebi que era hora de entrar no assunto.

— Bom, afinal, o que que a viúva lá te aprontou?

Pessoinha desligou a televisão, ficou um pouco balançando a cabeça de olhos fechados e então respondeu.

— Uma noite maravilhosa, cara. Eis aí o que ela me aprontou. Uma noite maravilhosa. Porra, cara. Mais de dez mil anos se passaram e as mulheres continuam acreditando que aquele momento mágico em quem vão se tornar maravilhosas e necessárias para sempre pode ser produzido. Ainda acreditam. Que fé, que garra para o que não presta.

— Qual é, xará.

— Imagine que eu cheguei lá, as crianças não estavam e ela tinha preparado um tremendo jantar, ou coisa assim. Precisa ver. Baita toalha branca de linho, flores, velas, prataria à vista, música ao longe. E ela, porra, e ela.

— Que que tem ela?

— Toda de preto.

— Ué, é viúva mesmo.

— E a tiara?

— O que que tem a tiara?

— Estava usando uma tiara prateada.

— E daí?

— Não sei. Como é que eu vou saber? Mas me assustou. Aquela tiara... Aliás me assustou um pouco tudo esta noite.

— E aí? Já sei: se mandou.

— Me mandei.

Eu pensava em Paula e ficava triste com tudo aquilo, embora uma coisa não tivesse nada a ver com a outra. Indiferente ao meu estado de espírito, Pessoinha continuou:

— O que as mulheres mais sonham na vida é que a gente leve elas à loucura. Só que, no auge da loucura, o que que elas mais querem? Que você case, tenha filhos, abra um crediário no Mappin e, pelo resto da vida, não chegue em casa depois da sete. Se isso é que sonham no auge da loucura, o que não pediriam, me diz, no auge da normalidade? Emaranham que te emaranham lá nas teias delas e depois vivem se queixando que vivem ao lado de uma mosca morta. E tudo às vezes começa com um jantar, um simples jantar. Que garra para o que não presta.

Mais um silêncio e, aí sim, parece que concluiu o caso da viúva.

— Coitada. Fez mil e uma pra me agradar e vai morrer sem saber que o que mais me tarava nela era aquele jeitinho sobranceiro de não ligar muito pra mim, aquele caminharzinho enfastiado... Mas não, de repente tinha que ser mulher.

É um sociopata. É um sociopata. Dráuzia tem razão quando diz que um convalescente do celibato como eu não deve andar com gente assim, Pessoinha, Barbato, Jéfferson. Que desse jeito vou é acabar refazendo meu voto de castidade. Só sei que agora, depois de Paula, esses papos sobre mulher me parecem de um outro mundo, doem diferente.

No fim, educado, Pessoinha parece que deu comigo ali na rede. Olhou melhor a cama.

— Ué, que cama nova é essa?

— Presente do Jéfferson. Esteve aqui um dia e ficou puto com minha cama de solteiro e com um monte de coisas aqui dentro. E meio que se nomeou meu assistente para assuntos de ordem erótica e sentimental. Objetivo como sempre: um dia me aparece com uma pequena mudança. Do barzinho de fórmica já consegui me livrar.

— Mas essa cama nem é de casado. É mais estreita um pouco. É o que o povo chama de cama de viúvo.

— Sei. Ele disse que eu sou meio viúvo da Igreja.

Depois de mais um silêncio no qual, senti, a viúva dele quase voltou, Pessoinha quis saber como, na sua ausência, eu tinha me saído com as moças.

Que que eu ia dizer? Contar como Dráuzia, num jantar épico, me fez ver a diferença entre ser e citar? Detalhar a infausta hora em que ouvi num elevador lotado Dóris perder a virgindade? Reconstituir aquela noite de mediocridade e perdição com Joyce e Cassandra nos confins de Santana? Falar de Paula nem pensar. Mas nem pensar. Eu não ia conseguir. Sem ruir, não ia conseguir.

Tudo bem, rosnei. Tudo bem, foi só o que eu pude dizer.

Na saída, junto ao elevador, Pessoinha ainda me confessou:

— Não sei, cara. Não sei o que fazer. Já fiz muita terapia e tudo o mais, mas a minha vida não pode se tornar, como está se tornando, um prefácio do Antônio Houaiss.

Gostei, apesar do meu estado de espírito, dessa eu gostei. Uma dia um turvo prefácio desse Antonio Houaiss quase me perde um poeta, um bom poeta, para sempre.

Pessoinha foi embora mais leve e eu me preparei para mais um domingo de Bach e Corinthians.

29.

BEM QUANDO EU TINHA CONSEGUIDO CONSTRUIR UM limbo bastante razoável para me abrigar, na quinta de tarde dona Gilcemar me grita de lá, com a mais glacial naturalidade, como se nada estivesse acontecendo:

— Telefone pra você. De Belém, ou Santarém, não deu pra entender.

Nem tive tempo de entrar em coma. Era Paula lá do fim do mundo, cristalina. Clarão nas trevas. Disse que o avião da empresa ia aterrissar em Congonhas no sábado lá pelas cinco.

No sábado às cinco lá estava eu, depois de passar o dia duvidando se levava flores ou não. Ela foi saindo no meio de um grupo de quatro caras e uma moça, todos verdes, trôpegos e amarfanhados.

— Que bom que você está aqui — ela disse me abraçando. — A viagem foi horrível. Chuva e trovoada o tempo inteiro. Cada montanha de nuvem. Mas o que que te deu?

Eu devia estar com cara de idiota pasmado, olhando-a e conferindo se não tinha outra vez inventado um pouco.

No caminho tentei me recompor convidando-a para jantar, recuperar o tempo perdido, não sei donde me saiu aquele tempo perdido, e por que às vezes a gente só fala merda quando mais quer parecer inteligente?

Paula disse que tinha uma festa de despedida para um gringo da empresa.

— Uma chatice, mal consigo ficar em pé, mas tenho que ir. E preciso resolver uma coisa.

Eu acho que fui murchando. Digo acho porque já não sei mais nada. São Paulo tinha razão. É uma trabalheira. Melhor nem tentar. Arder de vez nas chamas, sei lá.

Na despedida, beijei-lhe a testa, os olhos, perto da boca cla delicamente me interrompeu, mas logo me abraçou e tive a impressão de que, por uns segundos, como que desaparecia em mim.

— Me liga amanhã — pediu, antes de fechar a porta, sinceramente exausta.

Deixei o carro na garagem e saí a caminhar. Não sou besta de ficar sozinho no apartamento à disposição dos anjos e monstros que, bem sabia, iam se abater sobre mim. Saí a caminhar. Sem analogias, por amor de Deus, mas o céu estava pesado e negro. Merda de festa. Merda de festa. O que que eles pensam? E resolver o quê?

Começou a cair uma chuva forte, mas eu continuei caminhando, caminhando. Não sei como tive alma para observar a certa pompa com que, na porta das boates, as moças da noite eram recebidas por porteiros munidos de guarda-chuvas grandes como guarda-sóis. Uma pequena platéia se formava na entrada e era com um certo orgulho encantado que elas gozavam daqueles segundos de glória entre o táxi e a porta. Lá dentro, sabe Deus. Mas ali fora, e o Jéfferson que não me ouça, uma certa magia e candura não lhes eram negadas.

Aí me bateu uma tristeza profunda por estar ali observando aquilo, aquele simulacro, e fui frente, sempre em frente. Percorri todos aqueles sombrios confins da Rio Branco, voltei pela esquálida e temida rua Aurora, cheguei em casa molhado e, depois do banho, desabei na rede.

Quando a campainha tocou eu mal sabia para que lado ficava este insensato mundo aqui fora.

Era Paula, absolutamente molhada, os cabelos, o vestido preto, tudo escorrendo, um sapato na mão.

— A festa tava meio chata.

E pela primeira vez na vida eu senti como é alguém te abraçando com abandono, o que é uma mulher inteira, enfim confiada.

E passei-lhe uma toalha e uma camisa social comprida e horrorosa que eu tinha e ela entrou no banho.

E mais uma vez me lembrei daquela que era a grande queixa das senhoras da paróquia em relação ao celibato — não ter quem faça um chá — e fiz um chá.

E depois, na rede, jurei exorcizar da minha mente de todas as lições, ilações e citações e, como Dráuzia também pediu, agir como se boa parte das coisas da vida eu não soubesse mesmo só de livro e cinema. Assim, tentei imaginar Paula simplesmente como uma dádiva que céus anteriores à fé e à razão criaram, esculpiram, guardaram e esta noite até molharam para mim.

Mas eu, às vezes, me pergunto se certas cenas e frases que nosso inconsciente teima em guardar dentre as tantas que apaga não são justamente as que pressentem e um dia vão iluminar algumas vivências e situações futuras, já que nas fundas águas do inconsciente, dizem, passado, presente e futuro borbulham juntos.

Porque quando Paula saiu do banho vestindo a minha camisa o que de longe me veio à memória foi aquela parte do filme *O assalto ao trem pagador* em que a namorada do Reginaldo Farias começa a dançar para ele só de camisa no apartamento.

E enquanto depois uma Paula serena tomava seu chá a cena que me veio à cabeça foi a de um livro, acho do Graham Greene, em que um rapaz tímido sozinho com uma mulher mais experiente no quarto de um hotel é salvo por uma gaivota que inopinadamente entra pela janela, assusta a mulher e deixa as coisas assim mais — equilibradas.

E depois, quando eu pela primeira vez me permiti olhar Paula de verdade e senti que podia dispensar toda as gaivotas deste mundo, e depois não sei como me meio veio à lembrança um trecho de um livro de teologia, lido há muitos, muitos anos, um bonito trecho em que a esperança do cristão era descrita como o dom de entrever no pleno deserto os primeiros montes e as primeiras brotações da terra prometida. A frase me ficou na memória para sempre e, na época, eu teria considerado meio sacrílego que pudesse ter algum outro sentido que não o religioso, mas quem garante que céu e terra, tempo e eternidade às vezes também não borbulham juntos.

Este livro foi composto na tipologia Minion, em
corpo 11,5/16,5, e impresso em papel
off-white 80g/m² no Sistema Cameron da Divisão
Gráfica da Distribuidora Record.